ANNIE SAUMONT

Née à Cherbourg, Annie Saumont a passé son enfance et son adolescence près de Rouen. Elle part travailler à Paris et devient traductrice, notamment de J. D. Salinger, John Fowles et V. S. Naipaul.
De tout temps, Annie Saumont s'est consacrée à l'écriture. Avec quelques romans parus avant 1976 et, depuis, plus de deux cents nouvelles réunies dans une vingtaine de recueils, Annie Saumont a reçu de nombreux prix, dont le Goncourt de la nouvelle pour *Quelquefois dans les cérémonies*, le grand prix de la nouvelle de la Société des gens de lettres pour *Je suis pas un camion*, et le prix de la Nouvelle décerné par l'Académie française pour l'ensemble de son œuvre.
Ses ouvrages singuliers et sensibles, traduits dans le monde entier, la placent parmi les plumes majeures de la littérature contemporaine.

UN SOIR, À LA MAISON

ANNIE SAUMONT

UN SOIR, À LA MAISON

JULLIARD

Le papier de cet ouvrage est composé de fibres naturelles, renouvelables, recyclables et fabriquées à partir de bois provenant de forêts plantées et cultivées durablement pour la fabrication du papier.

ISBN 978-2-266-19113-5

Dédicace

J'ai signé mon roman à Lille. Au Furet du Nord – c'est le nom de la librairie – pour des dizaines de lecteurs (des centaines ça ferait mieux, non, n'exagérons rien. Des dizaines ça n'est déjà pas mal). Et j'espérais voir enfin Jean-Victor.

D'habitude, depuis vingt ans (mettons dix-huit ans si vous voulez mais j'arrondis c'est normal, je ne vais pas vous raconter que j'écris officiellement depuis dix-sept ans quatre mois et six jours puisque mon premier bouquin publié est sorti le, précisions superflues, j'arrête), à chaque publication d'un de mes livres Jean-Victor m'envoie un court message. Jean-Victor de la Tiébauderie. Je ne sais pas qui il est. Je n'ai jamais cherché à savoir. Quelques lignes accompagnent un exemplaire du roman nouveau avec une enveloppe timbrée, par lui-même adressée, prête pour la réexpédition. Il me demande une simple dédicace. Sur le livre d'il y a vingt ans (ou dix-huit ans, j'arrondis) c'était, *Bien amicalement*. Et puis je me suis laissée aller à un peu plus de liberté, de chaleur. Cela répondait à son enthousiasme, Toujours si passionnantes, vos intrigues. Permettez-moi de solliciter encore une fois —

Aujourd'hui je suis postée derrière la pile de mon dernier ouvrage. À Lille. Au Furet du Nord. Lille c'est la ville où habite Jean-Victor. Il m'a avertie qu'il viendrait. J'ai soigné mon look. Un passage entre les mains d'une esthéticienne (masque au rétinol adoucissant les rides), chemisier de soie (en solde) et jupe (dégriffée) qui ont beaucoup d'allure. Voilà vingt ans que j'écris, je ne suis plus de la première jeunesse, Jean-Victor non plus je suppose, cela fait vingt ans qu'il me lit. Souvent les hommes vieillissent bien. Mais j'ignore tout de lui à part son goût pour ce que je raconte.

C'est comment votre prénom ?

Jean-Pierre Jean-Paul Jean-Jacques Jean-Claude Jean-Louis Jean-François Jean-Michel.

À Jean-Paul, en toute amitié. À Jean-Claude, avec amitié. À Jean-François, amicalement.

C'est comment votre prénom ?

Jean quelque chose. *Jean II le Bon. Jean III le Pieux Jean le Baptiste Jean Chrysostome*

Jean le Bon était-il bon prince ? Jean le Pieux a beaucoup prié. Jean le Baptiste beaucoup prêché. Jean Chrysostome, connais pas.

Jean-Victor, je l'imagine. Je le vois grand et athlétique. Les yeux : deux aigues-marines, j'ai toujours rêvé d'un homme au regard bleu. Coiffure :

change selon les modes, de la queue-de-cheval jusqu'au crâne rasé en passant par les dreadlocks (pourquoi pas, mon goût varie). Aujourd'hui je vais le rencontrer. Je signe et déjà la main sur un autre livre je surveille en douce la porte vitrée. Il a promis. Jean-Victor de la Tiébauderie. Mon fan au nom à particule. Ça me ravit.

Les autres lecteurs se bousculent. Lecteurs et lectrices. Courtoisement. Me posent tous les mêmes questions. Combien de temps pour. Vous les tirez d'où ces histoires ? De situations réelles ou bien vous inventez ? Moi dit le comptable d'Euralille j'essaie d'écrire, je me suis même inscrit à un atelier. Pensez-vous que. Et celle-ci, réceptionniste du Floréal, celui-là chef électricien au Grand Palais, les profs du lycée Faidherbe et le serveur du Balatum — Croyez-vous réellement. Trouver un éditeur c'est si difficile ? Oui/non je réponds au hasard avec un sourire immuable. Une heure passe, je perds tout espoir sans perdre tout contrôle, d'une main qui tremble un peu je termine la besogne *amicalement amicalement amicalement*

Celui que j'attendais n'est pas venu. Ou bien il est venu incognito, perdu dans la foule, renonçant à se présenter. Il n'avait pas de livre à faire dédicacer puisqu'il m'en a envoyé depuis longtemps un exemplaire et que j'y ai inscrit *À Jean-Victor, mon lecteur très fidèle*. Évoquant mes personnages il s'est risqué à parler de liens se nouant sans qu'on l'ait cherché. Mon Jean-Victor inconnu et pourtant familier. Qui a dernièrement décidé, Puisque vous êtes invitée dans une librairie de mon quartier nous allons enfin nous voir. Je l'ai attendu jusqu'à l'heure du vin et des biscuits. La gérante de la librairie remplissait les verres, présentait les plateaux, toute surprise que sa vendeuse après avoir préparé les rafraîchissements et proposé d'assurer le service se soit éclipsée sans prévenir. Clara d'ordinaire tenait ses engagements.

Les Jean et les autres buvaient. Jean-Pierre Jean-Paul Jean-Louis Jean-Jacques *Jean sans Peur Jean de la Lune Jean qui pleure et Jean qui rit. Gros Jean comme devant. Jean de Florette Jean V Paléologue Jean VI Cantacuzène*

Mon roman vaut quinze euros. Certains prétendent que Jean le Bon a créé le franc en 1360 et si c'est vrai on le trahit. Jean-Victor aussi m'a trahie. Je passe en revue les grands les petits les gros les maigres les beaux les médiocres les extra les ordinaires tous ces hommes le livre à la main qui disaient se nommer Jean-(Pierre Paul Jacques Louis Michel François). Il n'y a pas eu de Jean-Victor. Pas de lettres après l'événement pour expliquer son absence. La grippe ? Un voyage imprévu ? Je bâcle le début d'un autre roman. Qui sera publié. Peut-être. L'humeur n'y est plus. J'ai le cœur qui chavire. Des accès de mélancolie. Les jours passeront. Les semaines. J'oublierai.

Les mois. Trois mois déjà depuis la signature. Ce matin je téléphone à Lille. À la librairie. Une banale question de stocks à renouveler. La gérante est sortie pour la journée. Je règle l'affaire de mon mieux avec Clara. Puis Clara si réservée d'habitude devient volubile. J'écoute la petite vendeuse me conter dans le combiné que sa vie s'est transformée. Elle m'annonce qu'elle a un ami, intelligent, super, très classe. Grand mince élégant. Le prince charmant en quelque sorte. Elle l'a rencontré au Furet du Nord. Ce soir-là. Oui le soir où. Vous n'avez pas remarqué ma disparition soudaine ? La patronne a râlé, après. Ça a été le coup de foudre, dit Clara. Il a poussé la porte on s'est regardés, un pas et il a souri, a tendu la main, elle l'a suivi nous ne nous quitterons plus. Il lui parle souvent de mes livres. Il les trouve si émouvants.

Elle dit qu'il s'appelle Jean-Victor.

Tiébaud.

Il a jugé superflu de conserver la particule.

Chambre

Se répéter toute la journée je l'aime je l'aime je l'aime. N'avoir jamais connu un tel trouble un émoi si violent, ne rien pouvoir faire mais bien sûr il faut « faire », s'occuper, plier le linge, passer l'aspirateur, feuilleter un magazine, recoudre un ourlet, établir la liste des achats au marché, même astiquer les cuivres, du Miror plein les doigts. Et puis traîner dans la chambre en pensant à cet homme, le premier qu'on aimait vraiment. Ceux d'avant on les reniait.

Parce que. Cet homme vous avait souri. Parce qu'il avait gardé votre main dans la sienne un peu plus longtemps que la normale, mais qu'est-ce que c'est, la normale ? Des mains qui se serrent font-elles un aveu ?

Le bébé qu'en pense-t-il ? Installé entre deux coussins, le biberon coincé en bonne position qui par moments lui échappe et il attend calmement, il a de l'appétit mais il sait attendre, un bébé de rêve qui sait aussi que sa maman n'a pas tout à fait fini de rêver. Oh mon chéri je ne t'abandonne pas. C'est simplement que je suis nerveuse, que j'ai besoin de m'agiter. Quand le bébé aura grandi ils diront – ceux qui décident – que ce garçon dans ses jeunes années a dû souffrir d'une insuffisance d'amour maternel. Cela expliquerait son instabilité (ou son désintérêt pour l'étude ou sa passion pour la moto ou ses tendances homosexuelles). Diront n'importe quoi. Ce sera une erreur. Un enfant si accommodant si sage.

De retour du bureau, l'époux, père du bébé. Aimable, attentionné. Il apporte un bouquet de roses, le dîner n'est pas prêt il soupire, Ma chérie, le petit t'a beaucoup occupée, tu étais fatiguée, il dit qu'il comprend et qu'il va aider. Se noue un torchon autour de la taille. Annonce qu'il lavera la salade. Quand la salade est égouttée la sauce préparée il s'essuie les mains les tend vers son épouse. Se retrouver les deux mains emprisonnées dans les mains du mari et penser à un autre homme. À d'autres mains. Insistantes. Se répéter — Non, déjà dit.

Répéter, oui. Que le mariage ça ne signifie rien, ça n'apporte aucun confort. Ce qui calme, qui rassure est de sentir à nouveau la chaleur de ces mains-là qu'on a rencontrées naguère, qui un jour vous ont touchée. Juste après l'annonce du bébé que soudain on ne voulait plus. Pourtant un bébé c'est charmant, celui-là ne pleure jamais, il apprécie ce qu'on lui donne ça lui suffit, il fait *a-reu* il sourit. On lui prépare son biberon on le cale dans sa chaise haute, on cale le biberon aussi, oui sur la tablette, le biberon dressé entre un exemplaire de *La Divine Comédie* et un *Manuel des bonnes manières*, une cordelette fixant le tout, ça tient, un lien peut en cacher un autre, regardez comme il est adroit cet ange il boit tout seul – ce qui compte c'est la qualité du lait (Nutricial, Gallia au bifidus), il se débrouille. Parce qu'on doit rester les mains libres pour l'homme aux fortes mains qui est entré ce matin dans la maison après le départ du mari. Qui a dit, Me voilà. Qui a dit, Mon amour. N'a pas demandé d'où sortait ce bébé (un neveu, le fils d'une copine un nourrisson qu'on garde pour la journée sa mère vaquant à ses affaires, en visite ou en voyage).

Les mains de cet homme. Comment résister. *A-reu* dit le bébé. Si son biberon lui échappe il se montrera, patient, compréhensif. Un bébé ça n'a pas besoin qu'on lui explique. C'est très sensible et délicat non il n'a plus soif, on le redresse un peu, Vite, ton rot mon chéri.

Le bébé est à présent dans son parc, tout au fond du séjour où sans doute il s'emploie à inventer des mondes.

Dans la chambre. Robe froissée fripée traînant sur le sol, soutien-gorge accroché au dossier de la chaise, petite culotte lancée au vol sur la commode. Pantalon de l'homme sous la table. Les mains de l'homme (lentes d'abord et puis ardentes et puis violentes) pressent des seins d'où ne jaillit plus la moindre goutte de lait. On essaiera Guigoz deuxième âge. L'homme s'enfonce en ce ventre offert qui a été si longtemps l'abri du bébé, son refuge.

Le bébé rit et gazouille.

Après le coït vient le moment d'apaiser les consciences, de se livrer au jeu des pronostics : Le bébé sera plus tard un très saint monsieur le curé écoutant s'égrener les péchés de ses ouailles au fond d'un confessionnal. Pardonnant (j'ai forniqué). Allez et ne péchez plus, distribuant de modestes pénitences. Trois *pater* et trois *ave.*

Horreur.

Ou bien. On en fera un travailleur social, un animateur de quartier qui aidera les enfants perdus à retrouver leur chemin.

C'est mieux.

Ou encore : le bébé deviendra un professeur généreux, vigilant, débordant de zèle, toujours prêt à faire profiter de sa sagesse et de sa science ceux qui lui ont été confiés. Ou un psy qui aura pour mission d'apaiser leur malaise (80 euros la séance).

Non. Puisque à quinze ans ce bébé — oui, cet adolescent soudain révolté choisira la délinque.

Les voies du Seigneur sont impénétrables.

Nuages

À douze ans j'ai vu des étoiles en plein jour. On m'a dressé mon thème astral je n'y comprenais rien. À treize ans on m'a offert des tarots, j'ai tiré les cartes c'était drôle. Et puis j'ai eu des flashes.

Un flash vous savez ce que c'est ? Soudain on voit. Comme en un éclair. *Flash*, un mot anglais. Le sens a dû varier en passant dans notre langue je ne suis pas sûre, en classe j'ai fait allemand-italien. Une évidence qui brusquement s'impose. Un éblouissement. Une révélation. J'avais des flashes. J'en ai toujours à mon âge. On tremble. On s'écrie Ah. Toute la famille vous regarde les yeux ronds. Tina qui a juste quatre ans et ne sait pas bien prononcer les *r* demande, Qu'est-ce qui t'*ahive* ? Et Marjolaine s'inquiète (elle est tendre), Tu t'es pincé les doigts ?

Un flash. L'appareil qui heurte un obstacle. Le bruit. Un hurlement. Après ça le silence.

Encore après, les sanglots de Ludovic qui tenait dans la main droite le fuselage gondolé et dans la main gauche l'aile cassée de l'avion.

Il avait mis des heures à le construire non sans problèmes, la colle ne séchait pas, le caoutchouc de l'hélice se rompait dès qu'on le tordait.

Ludo devenu grand riait de tout ce temps passé (perdu ?) en bricolage et disait que dans son enfance personne n'avait jamais douté qu'il exercerait un métier manuel, tout ce temps à découper assembler ajuster et pour finir le voilà qui choisissait l'immobilier, démarchant, visitant et faisant visiter puis monté en grade expliquant aux vendeurs attentifs qu'il leur faudrait au préalable se plier aux directives ministérielles (loi du — sur la nécessité de traquer le plomb et l'amiante, exigences en surface et volume si les acheteurs ont l'intention de louer, loi fixant un confort minimal, établissant le respect des règlements de copropriété). Ludo au volant de son Opel et dans son costume sur mesure fonçant d'une agence à l'autre, responsable à cent pour cent d'un consortium immobilier.

J'ai eu un flash. Non Ludovic cette fille ne te convient pas. Elle a un réel talent pour le commerce, pour la tchatche avec les clients mais son cœur est dur, elle ne sera pas fidèle. Il a ri, a dit, Qu'est-ce que tu en sais. J'ai secoué la tête. Il l'aimait, il s'est obstiné et moi j'ai tenté d'oublier mon flash jusqu'au jour où Ludo m'a confié que j'avais raison, cette fille n'était pas son genre, et j'ai dit d'un ton raisonnable que ce n'était pas la raison qui m'avait guidée mais une simple vision. Je ne lui ai pas demandé ce qu'il reprochait soudain à Louise qui est jolie et s'habille bien. Il n'en voulait plus, mon intuition était juste. Un flash on peut s'y fier.

Pourtant ce flash ne m'avait pas avertie qu'une semaine plus tard Ludo et Louise se réconcilieraient.

Ludo est parti à Berlin. Il a dit, Je prends l'avion. Quand il était petit Ludo fabriquait des modèles réduits de planeurs, osant à peine rêver d'un voyage aérien. Maintenant il prend l'avion comme on prend l'autobus.

J'ai eu un flash. J'ai vu cette aimable hôtesse apportant à Ludo son repas sur un plateau. J'ai vu Ludovic goûter le poulet au gingembre et retourner dans la sauce un morceau de viande pâlichonne avec la fourchette en plastique.

Puis il a dit, Je voudrais du vin rouge.

Non, soyons honnête je n'ai pas vraiment vu. Pas le gobelet, seulement du rouge. Je l'avoue, un flash s'interprète, ça part d'une forme vague, d'une couleur incertaine. On s'emploie à lui attribuer un sens. Le rouge descendait (dans le verre ou quoi ?) s'étalait au sol (un verre renversé ?). Ça coulait. Ludo baignait en plein liquide pourpre. Je ne m'en sortais pas.

Enfin il y a eu la photo dans le journal. L'avion écrasé au pied d'une colline. J'ai remonté le cours de l'histoire. J'ai classé mes flashes.

Ludovic avait été convié à une journée d'études : *L'immobilier européen. Incitations fiscales et rentabilité.* Il embarquait à Roissy. J'ai vu le petit Ludo courant, son avion à la main bras levé cherchant le bon angle pour lancer l'engin, puis tenant l'avion brisé, déclarant d'un ton sans réplique, J'étais dedans, je suis mort. J'ai vu Ludo brandissant les morceaux de l'appareil. Non ce n'était pas un flash. Plutôt un souvenir d'enfance, de notre enfance, à Ludo et à moi. Quand on jouait tous les deux comme auraient pu le faire un frère et une sœur à peu près du même âge, refusant de se mêler aux jeux des autres gosses du quartier. Et je me suis dit que ces engins ça tombe.

J'ai eu la gorge serrée et un poids sur la poitrine.

J'ai appelé Air-France. On m'a demandé si j'avais de la famille dans l'avion. Tout de suite ils ont su de quel avion il s'agissait. J'ai dit non. Mais. On ne m'a rien laissé ajouter. On m'a dit qu'on ne donnait pas d'informations au téléphone. Pas ce genre d'informations.

Les médias en ont beaucoup parlé. Le premier jour cette photo pleine page. Ensuite des explications. Du moins des tentatives. Brouillard. Pas ou très peu de visibilité.

Marjolaine s'étonne, Pourquoi il vient plus mon parrain ? À chaque coup de sonnette Tina prétend encore, C'est Ludo qui *ahive.*

Il avait des dossiers importants dans ses bagages. Louise a dû tout reconstituer. Son nouveau mec l'a bien aidée.

Sud

Dans les quartiers sud les enfants ne sortent pas la nuit. Ça leur est défendu. On craint qu'ils ne s'attaquent aux vieux. Les vieux ne s'en soucient guère et disent, On a fait notre temps on peut laisser la place. Mais les parents ne sont pas d'accord. Les parents et les éducateurs. Qui commencent à se douter qu'un jour ils seront vieux à leur tour. Alors ils se mettent à prêcher le respect de la vieillesse ça pourrait rendre au monde quelque chose comme une morale. Regardez, dit la mère de Jean, on voit sur mon visage des rides qui se creusent. Je vais ressembler à grand-ma flétrie comme une courge qui a passé l'hiver. Et je crains que petit Jean ne cherche bientôt à se débarrasser de moi. Je parie qu'il a recopié dans son cahier les recettes de la tarte au curare et d'un apéro mort-subite à la page des solutions au surpeuplement de la planète.

Par toute la ville c'est l'inquiétude. On en oublie le reste. Que les bourgeons bourgeonnent, que les fleurs fleurissent. Que le soleil en bas d'un ciel ébloui s'enfonce le soir au creux des vagues.

Dans les quartiers sud les enfants ont faim. Les parents espèrent les vendre. Les gens qui les achètent leur donneront à manger. Mais les acheteurs ne veulent que des bébés. Chaque mère doit prendre une décision rapide, quand il a plus de trois ans l'enfant lui reste sur les bras. À quatre ans il montre déjà le visage durci l'œil froid du petit loubard en puissance. Puissance de quoi, vous avez dit puissance ? Dans les quartiers sud ce mot embarrasse, il y a le pouvoir des gangs et la molle et lancinante pression des drogués à l'ecstasy visés par l'article L.3421-1 du Code de la santé publique qui entend établir le principe de l'injonction thérapeutique.

Dans les quartiers sud flotte une odeur âcre. Une odeur de chanvre roussi et d'un ragoût de chat sauvage. Évangeline tète son pouce comme si c'était un caramel. Hugo dit, Ce serait bien de se prélasser sur un matelas haute densité à ressorts croisés système multispires, et Julie demande, Où t'as appris ça ?

Il y a le centre de la ville avec le supermarché. Il y a la place des Victoires et puis les quartiers sud. Dans les quartiers sud les filles ont peur des hommes, les hommes ont peur des femmes qui s'habillent de noir et crient trahison justice et vengeance. Les enfants ont peur et font peur aussi.

Une créature, blonde mince et bizarre, est venue s'établir au sud, elle s'adresse aux gens du Sud comme s'ils étaient du Nord elle rit, très à son aise. Elle dit qu'elle est infirmière. Elle a bandé la jambe d'Alix, ouvert le panaris d'Eduardo. Elle tend à José un sachet de poudre qui calmera son mal au ventre. Le pasteur la contemple longuement lorsqu'elle rejette ses cheveux en arrière. Les cheveux retombent. Couvrent son visage. Elle les écarte et elle sourit.

Dans les quartiers sud il y a souvent la guerre. Les enfants rentrent au fond des cachettes emportant leurs provisions, des tablettes de chocolat abandonnées par les soldats, ceux en treillis. Les autres qu'on prétend des rebelles ont le front couvert d'un bandeau. Eux aussi tiennent un fusil. Paule sait quel soldat a tué sa mère. En léchant le papier d'étain qui enveloppait le chocolat du tortionnaire elle ne manque jamais de dire, Celui-là qu'il soit maudit.

L'infirmière trimballe un sac à dos plein de boîtes en carton avec des mots écrits dessus, renfermant des choses à croquer ou sucer on aimerait y goûter. Elle dit non, c'est pour soigner. Le marabout sourit des ennuis qu'elle lui cause. Lui il soigne avec des discours et des promesses, ton amour te sera fidèle, tu auras des amis – exorcisme, résultat garanti – il conseille la patience et l'attente. Elle a expliqué qu'elle ne croit pas que ça suffit d'attendre. Elle parle du gros camion bâché qui viendra du nord, sans doute, après les pluies.

Les enfants se rangent deux par deux comme elle a dit, devant le bureau d'assistance. Par moments ils ont l'air de rêver. Elle leur apprend à chanter. Le pasteur a d'abord suggéré qu'elle leur enseigne des cantiques en l'honneur de la Sainte Trinité. Puis il s'est mis à fredonner des airs du pays. Après, il a touché la main de l'infirmière en murmurant, Dieu te bénisse.

Les enfants ont les joues plus rondes. Bleuies quelquefois des marques de coups. C'est quand ils oublient qu'on doit vivre en frères. Elle l'a dit.

Un jour. Plus tard. Un jour de grand chaud où bourdonnaient les mouches. Elle n'a pas écarté son rideau pour distribuer des vitamines qui sont comme des bonbons au goût de citron vert. Les enfants des quartiers sud sont allés droit chez le pasteur, il les a écoutés. N'a pas conseillé de dire une prière. N'a pas promis qu'avec l'aide du Seigneur l'infirmière reviendrait. Les enfants ont raconté qu'ils avaient vu le lit défait, la table renversée dans la case. Les boîtes éparpillées autour. Les enfants ont éventré les boîtes, ont tout dévoré. Ils disent que ça nourrit, les an-ti-bi-o-tiques.

On n'a pas retrouvé le sac de l'infirmière qui peut-être contenait des papiers avec un nom et une adresse. On n'a pas retrouvé ses robes ni sa blouse blanche. Même pas le trépied pour faire bouillir l'eau. Sous le rideau déchiré on a repéré au sol les marques en creux de grosses semelles. Et un foulard qu'elle a porté.

On murmure qu'elle a choisi l'absence. Le capitaine en treillis déclare avec autorité que les soldats n'y sont pour rien. Les hommes au bandeau gardent le silence. Le pasteur a hurlé des blasphèmes.

Le camion bâché n'est toujours pas venu.

Dans les quartiers sud. Maintenant. Oui, depuis ce jour-là les enfants du Sud – l'infirmière une fois leur a dit que c'était aussi un remède – vont chaque soir jusqu'à la côte en se tenant par la main pour voir le soleil pénétrer dans la mer.

Coup de chance

World largest
¢ 50 jackpot
hit June 13
$ 1111000

Depuis la mi-juin c'est écrit en lettres énormes sur une banderole. Au fronton du *Cæsar* d'Atlantic City.

Cette nuit-là, un vendredi 13, l'événement va être commenté à grand bruit jusqu'à l'aube sur la jetée de bois, face à la mer éclaboussée par le néon des casinos, et les crêtes des vagues prennent soudain toutes les couleurs du prisme.

Le plus fabuleux jackpot
pour une mise de 50 cents
gagné ici le 13 juin
$ 1111000

La nouvelle se propage en un instant dans l'immense salle des machines à sous et tables de jeu. Les agents de la sécurité referment un cercle protecteur autour de l'heureux gagnant. Les pièces n'en finissent pas de tomber. Le joueur remplit d'abord les grands gobelets de carton fort puis on lui fournit un vaste sac de toile. Des femmes aux ventres comme des planètes aux visages comme des places publiques forment une impressionnante seconde ligne derrière les croupiers en habit.

Des centaines de bouches répètent – jubilantes ou hargneuses – Il joue cinquante cents et il a le jackpot. Les serveuses en restent effarées, une blonde, jupette au ras des fesses, a lâché son plateau – deux flûtes brisées, du verre blanc, une flaque de Bloody Mary baigne les talons de mes Reebok. La grosse baleine en robe de satin jaune tendue sur un cul énorme proclame qu'elle aimerait bien qu'on lui présente cet homme qui a trop de chance.

C'est moi. Je balbutie je m'étrangle.

J'étais venu avec Phil. On avait pris la voiture et carburé pendant six heures. On s'arrêtait de temps à autre pour étudier la carte mais on s'était gourés quittant l'Interstate pour la route 9, s'engageant à tort dans l'exit 321. Le soir on atteignait enfin les terrains défoncés bordant les tristes bâtiments juste à l'arrière du front de mer. On a laissé la voiture sur un parking.

Phil avait juré qu'il ne perdrait pas ses dix derniers dollars. C'était se condamner à ne plus jouer, en somme. Il avait déjà juré la veille qu'il n'essaierait pas le crack. Et il prétendait que c'en était fini de son goût immodéré pour le Brandy Alexander suivi d'un Kamakazie. Phil prend sans cesse des décisions héroïques qu'il regrette vite, et il déclare alors qu'elles sont injustifiées. Parfois ça m'agace. À l'époque je ne pouvais pas vivre sans lui.

On a mangé une portion de salade au thon sur la jetée, partagé une bière. Phil avait envie de se baigner. Hésitait. On voyait encore des surfeurs dans les vagues. L'un d'eux a jailli hors de l'eau, frissonnant, sa planche sous le bras. J'ai contemplé la mer. Et le surfeur qui sortait de la mer.

J'ai dit à Phil, Tu veux un hot-dog ? Ou un sandwich ? Le surfeur s'est approché, est passé près de nous, marmonnant, J'aurais dû mettre ma combinaison, le vent fraîchit. Phil a lancé, Un bon jogging ça réchaufferait. L'autre a secoué la tête, Pas le moment, je me tire, l'heure de croûter.

Phil se tournant vers moi a grogné, Non merci.

Il a dit, Ça sera pour demain la baignade. Allons plutôt au casino. Là tu pourras t'éclater. Mais sans exagération. Moi j'en ai assez de me faire arnaquer. Je me contenterai d'observer.

Le surfeur a continué son chemin vers les cabines.

Phil a dit, On trace ? On boira un coke au McDonald.

J'ai payé trois dollars plus les taxes pour deux boîtes de pepsi. J'ai donné vingt dollars au type à la casquette qui m'a rendu seize dollars et soixante-douze cents. J'ai dit à Phil, Je joue ça et j'arrête. Si on se fixe une somme au départ – une somme ridiculement faible – on ne court aucun risque. Phil a haussé les épaules, C'est ce qu'on raconte et puis on s'excite et on continue. Et on n'a plus de quoi se payer un motel pour la nuit.

Il avait raison. Je n'ai rien répondu.

Dans le hall illuminé le cliquetis des pièces rythmait de travers un jazz indolent, les joueurs étaient silencieux. Les machines à sous occupaient une bonne moitié de la salle. C'était tôt dans la soirée il y avait de l'espoir dans l'air. Plus tard ça sentirait l'acharnement, la rage. On a longé les tables pour la roulette et les surfaces de baccara, les comptoirs des courses de chevaux, pur-sang de métal peint qui semblaient des jouets d'enfant. J'ai dit que je me contenterais des bandits manchots.

J'ai monnayé mes dollars à l'une des caisses. Phil a dit qu'il ferait un tour en m'attendant.

J'avais rencontré Phil trois ans plus tôt à New York, nous nous étions par hasard trouvés assis l'un près de l'autre sur les marches du Summer Garden pour un concert du Philarmonic. Nous aimions la musique. Le jeu encore plus. J'étais sûr de perdre les seize dollars en quelques minutes. Mes premiers cinquante cents se sont multipliés.

J'ai gagné. Le jackpot.

Phil et moi on s'est installés près d'un lac dans les Adirondacks. On a loué une jolie maison, le vrai cottage bourgeois de Nouvelle-Angleterre entouré d'une pelouse qui descendait à l'ouest jusqu'à la berge. Rosie, une Jamaïcaine efficace, se chargeait des travaux domestiques. Finies les incertitudes, finis les petits boulots, les petits commerces. Je disais – et Phil disait – qu'on avait tout pour être heureux. On s'est offert un bateau. Je dérivais sur l'eau claire dans le froissement des herbes aquatiques.

Phil dormait encore lorsque je sortais le matin mais bientôt je sentais près de moi sa présence. Et le lac était une autre présence. J'adorais ne rien faire, me laisser envahir par une douce hébétude, jouir du soleil sur ma peau.

Puis ce garçon est arrivé en short et tee-shirt, il s'est dévêtu ne gardant qu'un string. Il a plongé. Je l'ai observé qui nageait vers le large, atteignait l'autre bord et revenait, terminant son exercice par une souple coulée jusqu'au ponton. Quand il a touché la passerelle il s'est dressé, s'est étiré – beau corps musclé, ventre plat, longues jambes – il a eu un geste vers moi. Il a dit, Salut.

Rien de plus.

J'ai traversé la pelouse. Phil était en pyjama sous le porche, tournant sa fourchette dans ses œufs brouillés. Il a demandé, C'était bien ?

L'eau est froide. J'ai dit. Mais c'est bien.

J'ai tant aimé le lac. Sa transparence. Ses oiseaux. Je les ai observés. J'ai reconnu leurs cris. J'ai cherché leurs noms dans les livres. Je parlais à Phil ardemment de l'*Aythia fuligula* au chant terrible, pareil à la plainte d'un humain angoissé. Je lui ai montré le Grand Harle – *Mergus merganser* – la Foulque d'Amérique, le Grèbe à bec bigarré, émouvant dans son vol malhabile.

Je les voyais de ma fenêtre. Phil occupait une chambre proche et souvent me rejoignait la nuit, son corps était doux, épais, bien nourri, je ne m'en lassais pas. Phil me quittait à l'aurore, allait dormir. J'avais moins besoin de sommeil. Je buvais mon jus de fruits matinal, étourdi par le crissement fascinant des insectes.

Je ne me lassais pas non plus de retrouver sur la rive du lac mon nageur familier. Le temps demeurait clair mais frais. Il tâtait l'eau du pied, jamais ne reculait. Il s'échappait d'un crawl rapide et sans à-coups. À son retour il montait la pente herbeuse où j'étais étendu, me regardait à peine.

Une fois pourtant il m'a souri.

Nous avons beaucoup dépensé, nous achetions peu de choses mais par simple amour du jeu nous engagions en bourse d'énormes sommes. La banque me proposait des placements. À risques. Je perdais de l'argent et ne m'en souciais guère, N'étions-nous pas en possession d'une fortune inépuisable ? Je dis « nous » parce que alors ce qui m'appartenait était aussi à Philip. J'insistais, « nous » avions gagné le jackpot.

Les jours passaient. Je ne parlais plus de ce garçon du lac mais n'aurais pas manqué nos rendez-vous fugaces. Phil a dû sentir le danger. Il a changé ses horaires, il se levait tôt à présent, il disait, Profitons de cette lumière nouvelle. Désormais je t'accompagne. Le nageur fidèle à ses habitudes se déshabillait, sautait dans l'eau, la fendait de son crawl impeccable, flânait un instant près du ponton, bondissait sur la berge et s'éloignait, le short et le tee-shirt en un ballot sous le bras, le torse couvert d'une serviette. Très vite ce n'était plus qu'une mince silhouette. Je me suis dit que Phil prenait de l'embonpoint.

Un matin Phil est resté au lit. La veille il s'était couché tard. Il avait bu après dîner. Je l'avais écouté à travers la cloison gémir dans son sommeil.

J'étais seul au bord du lac. J'ai été longtemps seul. Et puis. Un pas furtif sur le sentier. Le nageur se déplaçait dans l'air comme dans l'eau avec souplesse, pas pressé ce jour-là de se mettre à nager. Il s'est assis à mon côté. Pointant le doigt vers le ciel il m'a dit, Tu as vu ?

Le frémissement des ailes. L'œil flamboyant. Une plainte déchirante. L'Aythia fuligula.

J'ai entendu des bruits par-derrière, des graviers qui roulaient, je me suis retourné. Phil s'approchait, le fusil à la main. Il a visé. Il a tiré.

Il a touché l'oiseau. Qui est tombé. Autour du point d'impact l'eau s'est teintée de rouge. J'ai crié, Phil. Il a baissé la tête, posé le fusil dans l'herbe. Il a contemplé ses mains qui tremblaient.

Le nageur a effectué son entraînement habituel. Phil avait disparu. M'emparant du bateau et ramant violemment j'avais fui l'oiseau mort – débarquant plus loin parmi les iris je suis rentré à la maison. Phil n'était plus là. Ses affaires ses magazines les vêtements tout était parti dans mes deux grosses valises. Rosie m'a dit tranquillement qu'il avait appelé un taxi. Sans ajouter de commentaire. En douce il avait aussi puisé dans le coffre. M'abandonnant de quoi régler le loyer du mois, le salaire de Rosie et quelques factures. Parmi les dollars épargnés, une enveloppe blanche. À l'intérieur un simple carré de papier qui disait *L'argent ne fait pas le bonheur*. Au-dessous, plusieurs lignes rayées d'un trait épais. Et encore, tracé d'une main rapide, *Il n'y a pas d'amour heureux*.

Le jour a perdu son éclat.

J'habite à présent dans un des immeubles plutôt délabrés d'Atlantic City, c'est la zone des buildings minables à l'arrière-plan de l'éblouissement fluo des palaces. Toute la journée je trime près des palaces. Je vends des hamburgers que je réchauffe au micro-ondes dans une petite cahute accrochée au flanc du *Cæsar* et qui s'ouvre sur la jetée de planches. Pour chaque aire de repos les bancs en cinq rangées. Quatre sont face aux lumières et dorures. La cinquième est face à la mer. Le soir, quand les parieurs ne pensent plus qu'à l'argent, rêvant de gagner le jackpot, on peut rester là longtemps et aux grandes marées se laisser doucher par les vagues.

Mes fringues ont une sale allure. Les videurs du casino me refoulent fermement si l'idée me prend de tenter ma chance avec ces pauvres billets verts, fripés mouillés, que je sors de ma poche.

Restaurant

Mange pendant que c'est chaud.

Tu as bien fait de prendre le plat du jour. On est servi plus vite. Ne m'attends pas, ton rôti de veau va refroidir. Moi je ne mange plus de veau depuis que mon neveu, du temps où il était encore étudiant et cherchait un petit boulot pour les vacances, a été embauché dans un élevage en batterie, une ferme industrielle où on piquait les veaux pour leur injecter des hormones. Il m'a raconté le calvaire de ces pauvres bêtes gonflées comme des outres tenant à peine sur leurs jambes et qu'on bastonnait en les forçant à grimper dans le camion qui les emmenait à l'abattoir. Voilà une quinzaine d'années qu'il m'a dit ça et c'est comme hier, je n'oublierai pas. Je suis un tendre, je l'admets. J'avoue que j'ai choisi la sole sur le menu parce que ce genre de poisson n'intègre pas la douleur, son système nerveux est trop primitif. Pour moi c'est une question d'éthique. Je serais volontiers végétarien mais on doit avant tout s'astreindre à un régime équilibré. Néanmoins je supporte mal d'imposer la souffrance, les sentiments on n'y peut rien. Quant à ce veau c'est trop tard, il est mort pour te nourrir mort pour toi, alors mange. Pendant que c'est chaud.

Mais non ce n'est pas un repas d'adieux. Bien sûr, on reste bons amis. Je sais, tu me l'as dit, il t'est venu cette idée que toi et moi on devrait tenter l'expérience d'une vie commune. Et j'ai conscience que ça t'a demandé un sacré courage de m'en parler. Pas facile pour une femme de faire des avances. Je t'ai laissée t'empêtrer dans un discours pénible, j'aurais dû t'aider, t'arrêter plus vite. Vois-tu j'ai passé l'âge où l'on s'installe en couple. Du moins j'en avais l'impression lorsque tu as entrepris de m'exposer tes projets. Je suis un vieux célibataire reculant à la pensée de l'intimité quotidienne avec une fille qui pourtant lui est proche. Dans mon trouble je n'ai su que te dire. Des banalités. Et puis j'ai réfléchi, un repas en tête à tête ça me donnerait le loisir de t'expliquer. J'en suis certain, si notre amitié changeait de nature ça finirait par un désastre. La gêne entre nous, tu l'imagines ? Agacement. Irritation. Rupture. Je tiens trop à notre belle entente pour accepter de la mettre en danger, je cherche à me protéger et par là même je te protège. Avec moi tu souffrirais, je suis lourd et maladroit. Un faible. Très vite tu serais déçue, exaspérée. Au fond tu es une femme solide qui va réagir, et puis tu as le choix. Il y a Pierre, il y a Christian. Qui te draguent. Pierre. Très classe. T'adore, personne n'en doute. Christian te donnera peut-être moins de tendresse – ou moins de signes de tendresse – mais t'assurera le confort matériel, ce n'est pas négligeable.

Tu rougis, hé tu suffoques. Doucement, tu vas avaler de travers. Calme-toi, j'ai raison pour une fois. Je me demande ce qui en moi te plaît tant, je ne suis qu'un mec ordinaire — Bon dieu, elle vient cette sole ? Ta viande est assez cuite ? Riche, la sauce, n'importe, tu ne crains pas de grossir. Ça va mieux ? Alors mange. Tiens je te verse du vin, c'est trop triste de ne boire que de l'eau.

Écoute. Quand on a vécu une enfance tout encombrée de parents de frères et sœurs et de copains on est satisfait d'en être débarrassé on se sent libéré. À l'âge adulte me retrouver seul ça a été pour moi comme un cadeau. Coup de téléphone rapide de-ci de-là rassurant la famille. Regroupement à Noël ou à l'occasion d'un anniversaire. Des efforts méritoires. La solitude, on croit en jouir pleinement. Et puis à la longue on déchante, ça suffit, on se rend compte qu'à nouveau on a envie d'affection, de partage. J'ai beaucoup aimé notre relation qui est étroite mais légère, nos balades au bord de l'eau, nos visites au musée de la ville, nous avons souvent contemplé main dans la main ce superbe Delacroix : *Roger délivrant Angélique*. Nous étions fous de cinéma. Tarkovski, Carmelo Bene. Le dimanche il y avait le ski à Chamrousse. On respirait, c'était bien. J'ai apprécié nos échanges de cartes postales – *Je pense à toi* – quand un déplacement professionnel nous éloignait l'un de l'autre. Quel bonheur aussi que ces heures passées à choisir des bouquins, dans cette librairie sympa – La Dérive – près des halles et tout à coup tu me disais, Je file, le Monoprix va fermer, j'ai besoin d'une ou deux bricoles. Des produits de beauté que les femmes préfèrent acheter en cachette comme si le partenaire risquait de découvrir que leur charme n'était qu'artifice, ou des articles d'hygiène un peu vulgaires, déodorant, tampax. J'étais discret, délicat, je te laissais partir seule. Je rentrais chez moi, dans la rue piétonne. Tu m'appelais au retour de tes courses et tu disais, On se voit demain ? Oui on se verrait le lendemain puisqu'on travaillait dans le même bureau. Alors, cette sole ? Ils la pêchent ?

Toi et moi nous avons amassé des souvenirs pour toute une existence. Je n'ai pas cherché d'autres rencontres. C'est par hasard que j'ai connu Josie. Et les choses sont devenues difficiles. Avec toi je n'ai jamais eu d'inquiétude. J'étais sûr que tu n'exigerais pas plus que je ne saurais t'offrir. Mais Josie — Elle est de ces femmes qui n'admettent pas qu'on leur impose un mode de vie.

Bien entendu je te la présenterai. C'est cool que tu te sois décidée à aborder un sujet qu'on évitait jusque-là. Entre nous ça redevient clair. Un jour prochain je t'aurais raconté. Rien ne pressait puisque notre accord est basé sur une vraie amitié. Une totale confiance. On se dit tout, pour finir, c'est la règle.

Mais — Tiens, justement la voici. Jo. Regarde, elle descend l'escalier. En robe bleue, la blonde aux longs cheveux. J'ignorais qu'elle fréquentait ce restaurant. Le grand brun qui l'accompagne est son chef. Import-export. Ils ont pris leur repas dans la petite salle du premier. Les autres doivent être des clients. Le boss a toujours l'air affairé, je parierais qu'il a dit, Pour moi le plat du jour. Ce genre de mec va au plus rapide. Josie a serré la main des invités et puis celle du patron. Il n'a donc pas l'intention de la reconduire chez elle, le plouc. En fait Jo habite tout près, elle a loué une chambre à l'hôtel de l'Europe. Ce n'est que provisoire, elle a toujours voulu une famille, un mari des enfants un appart'. Donc c'est décidé, elle et moi nous allons vivre ensemble. Tu m'excuseras un moment, j'ai un mot à lui dire. Le temps qu'ils apportent ma sole. D'ailleurs le poisson ça peut se consommer froid. Avec une vinaigrette.

Pas le veau. Ne m'attends pas, mange. Pendant que c'est chaud.

Something is missing

Il a mis ses grosses chaussettes. Il a mis son sous-pull laine et soie, son pull de cachemire. Et dessus la polaire. Il a pris ses gants. Ses rations de survie et sa couverture en papier alu.

A rangé son matériel dans le sac nylon ripstop.

Il s'est aussi équipé de la corde et des crampons. Du piolet. Sa gourde est à la ceinture. Il boit beaucoup d'eau quand il grimpe.

Il aurait dû penser aux pastilles pour la gorge. Il a mal. Une grippe, peut-être. Ça passera.

Il a ouvert, consulté et replié la carte. Il a pris la boussole.

Il garde sur lui la lettre de Manon. Ne s'en séparera pas. *Cher Frédéric*, il la connaît par cœur.

Manon a quarante ans. Elle ne fait plus d'alpinisme. Grand Gil l'a persuadée de rester à la maison. Grand Gil estime qu'elle doit maintenant s'en tenir à ses occupations domestiques. Manon forte et vive, belle, solide, enthousiaste. À vingt ans Manon s'est fracturé la cheville. C'était en montant au col de la Sorge. Et lui, Coster, a porté Manon jusqu'au Villard. Après, elle a écrit. Elle a dit merci. Voilà vingt ans que la lettre de Manon, la lettre qui disait merci l'accompagne partout, changeant de poche quand il change d'anorak.

Ce n'est qu'une feuille de papier ordinaire. Jaunie, coupée aux plis.

Il a reçu la lettre là-bas, au camp de base. Les services de l'ambassade avaient confié son courrier au dernier Sherpa venu se joindre à la cordée. Manon ne disait rien de Grand Gil. Quelques lignes de bons souhaits et puis, *Frédéric, je n'oublierai pas*. Un moment il a cru que les mots écrits en cachaient d'autres. Déjà, avant son départ il aurait voulu parler à Manon la serrer contre lui sans le prétexte d'une blessure. Mais l'ambulance l'avait conduite à l'hôpital d'une ville lointaine mieux équipé pour réduire cette fracture compliquée. Il est parti, il a été absent plusieurs mois. En ces temps, toute ascension dans l'Himalaya était fixée à l'avance, ne pouvait se remettre. On devait présenter de sérieuses références, obtenir un permis en règle. Si l'aventure finissait bien on rentrait émerveillé. Quand il est rentré Manon avait épousé Grand Gil, le chef des guides de la station.

A-t-elle compris pourquoi il la fuyait ? Grand Gil le conviait à une séance de vidéo, il refusait. Grand Gil lui proposait de l'accompagner pour une réunion entre amis, il craignait d'y voir Manon. Il n'allait pas au cinéma où il aurait pu la rencontrer, il évitait le marché de Saint-Fabien de peur de la croiser par hasard. Il s'interdisait la messe puisque Manon fréquentait l'église. Manon à jamais perdue. Manon devant ses fourneaux ou secouant le chiffon à poussière. Alignant les pots de confiture. Manon qui recoud les boutons et repasse les chemises de Grand Gil, les serviettes de leurs dîners en tête à tête, les draps du lit. Manon nue entre les draps et Gil écartant les draps qui regarde et touche et caresse. Grand Gil et Manon baisant sous les draps.

Coster conduisait ses clients vers les cimes, des alpinistes amateurs qui souvent avaient trop d'ambition, qu'on encourageait – un jour, sûrement, ils iraient jusqu'au bout. On soignait les déceptions les meurtrissures. Parfois c'était dur.

Il continue le dimanche à s'encorder avec Grand Gil. Leur escalade hebdomadaire est désormais une habitude. Peut-être pour Gil un moyen de vérifier que son second a toujours la forme, comme un examen de routine.

Tant de fois ensemble ils ont marché, ils ont traversé les caillasses, grimpé dans les pierriers, chaussé les crampons. Ont bu aux mêmes sources. Ont partagé les barres de muesli. Ce week-end, Grand Gil voulant profiter d'une bonne météo proposait une ascension délicate. L'Oban par la face nord. Et Manon ? N'a-t-elle pas rêvé de cette course ? Qu'en penserait-elle, Manon ? Gil haussait les épaules, elle ne pratiquait plus l'escalade, n'avait plus d'équipement, J'ai été sa dernière conquête, disait-il en riant, sa dernière montagne à vaincre.

L'Oban. Par la face la plus rude. Beau temps. Tout s'est bien passé. Autour d'eux la brume flottait sur les vallées. La neige était bleue.

Seuls les choucas ont troublé le silence.

Grand Gil a dit, On redescend. Coster a planté un piton, posé la corde pour le rappel. Grand Gil est parti le premier. La virole mal serrée, le mousqueton qui s'ouvre et la corde a filé. Gil s'en est tiré par miracle. Il a été retenu dans l'enchevêtrement des buissons d'une fissure. L'hélico est venu le sortir de là. Il a refusé une enquête. Mais il a déclaré, Coster, la simple randonnée c'est la seule chose qui te convient maintenant, qu'en penses-tu ?

Coster ouvre son agenda où sont notés jour après jour les incidents des courses, les remarques techniques, l'état des parois, un éboulement de roches, une voie à essayer. Il sort le crayon. La mine est cassée.

À présent son compagnon en lui adressant la parole regarde au loin, le traite en étranger. Grand Gil qu'il admire. Qu'il a toujours admiré. Qui l'a accueilli dans l'équipe, l'a formé et puis lui a fait confiance. Mais aussi qui est le mari de Manon. A transformé Manon en une épouse zélée, active ménagère attendant au logis le retour du guerrier.

Il a tout pris comme pour une escalade. *La simple randonnée, Coster*. Juste une randonnée. Les touristes excités, Mes chaussures oh j'ai changé de marque. Doublées Goretex. Discussions oiseuses, bavardages, Dites-moi, vous croyez qu'on verra — (des chamois des lynx des marmottes) qu'on découvrira — (des lys de feu des edelweiss). Il frissonne. Il sourit.

Face nord de l'Oban. Sans Manon. En solitaire. C'est décembre. À mi-voix il a dit, On y va. Il marche d'un pas tranquille, le pas d'un premier de cordée entraînant à sa suite des grimpeurs aguerris.

Il monte vers le col de la Sorge. Il obliquera pour contourner la faille. Mais bientôt il s'arrête. C'est là qu'il a traversé le torrent tenant Manon dans ses bras. Elle avait vingt ans, elle était douce elle était vivante, elle souffrait, gémissait à peine. Elle a murmuré, Un plâtre, du repos, quelques semaines et on repart, n'est-ce pas ? A-t-elle vraiment ajouté « mon amour » ?

Il a conservé la lettre, la première et dernière, cette lettre qui disait merci. Aujourd'hui encore il veut la voir. Non, pas la relire. Mais froisser doucement la feuille entre ses doigts.

Il cherche. Dans la poche habituelle. Dans une autre poche. Une autre. La trousse de secours, les kleenex, un tourne-vis encapuchonné. Rien de plus. Il n'a pas froid. L'arête est glissante. Sur le rebord étroit, son sac pendu à un piton, fouillant calmement les replis des vêtements, palpant les doublures les revers il commence à se déshabiller. Tombent cent mètres plus bas la cagoule et l'écharpe, l'anorak à la poche vide (inside, something's missing), le pull, le sous-pull laine et soie. Il est torse nu. Proche de l'évanouissement il lui reste à jeter encore sans la déplier la couverture de survie.

Dans le journal le rédacteur des faits divers écrira que la température est descendue à moins trente cette nuit-là sur la face nord de l'Oban.

Pull

Apprendre à nager. C'est au programme pour toutes les écoles du coin. Piscine une fois la semaine. Depuis ce jour. Ma tante a dit, T'as fait ce que t'as pu, te tracasse pas. Et moi depuis ce jour je m'applique aux mouvements de la brasse – avec une bouée.

Mais l'histoire commence pas là. C'était bien avant dans la cour du collège. Les gars les filles qui me charriaient.

Ah ah regardez. Il est chouette.

Pas de quoi se marrer, disaient les plus calmes, ceux qui s'en fichaient un peu. Ceux qui cherchaient pas la bagarre. Et puis les autres, m'asticotant, ah ah —

Qu'est-ce que je pouvais leur répondre. Que sur l'endroit y avait des taches. Que c'était le genre grunge. Et les coutures : un style. Ou avouer calmement, Ben c'est permis de se tromper.

Quand j'étais au tableau je ne me trompais pas. Donc ils m'en voulaient, ces gars, ils m'en voulaient parce que le maître qu'est pas un modèle de patience en plus d'être bossu dans le dos et tordu dans la tête, un soir avant la sortie avait dit, exaspéré, Toi qui as compris, Karel, explique aux débiles. J'avais expliqué. Comme je regagnais ma place y a les filles qu'ont ricané, pouffant dans leurs mains. T'as vu ? quel clown, son pull il l'a mis à l'envers t'as vu les bouts de laine là où ça change de pelote ? Du tricoté maison, c'est sa tante. Elle l'habille depuis sa naissance, brassières culottes, bonnets chaussettes, d'abord des petites choses minuscules, maintenant il en est au XXL pour la taille, au 45 pour la pointure.

J'en rajoute, d'accord. Je les entendais juste rire et je savais qu'elles se moquaient de moi. J'aime pas.

La cloche tintait. J'ai enfilé ma veste.

Après m'est restée la frousse. Dès que je devais me mettre en pull. Si on allait en balade même par beau temps j'avais ma cape imper ou mon blouson. Les gars me disaient, Karel, t'as pas trop chaud ? déloque-toi tu vas crever. Prenant un air sympa mais leurs voix sonnaient faux.

J'aime pas qu'on se moque.

Je me suis souvent demandé comment je m'en tirerais si ça m'arrivait de tomber amoureux. Je serais obligé de me déshabiller pour toucher la peau de la fille. Donc de me rhabiller après. Mon pays a un sale climat. On porte le pull à longueur d'année. Ah ah vous avez vu comment il est fringué.

Des minables. J'ai décidé que je vivrais tout seul.

Je me suis construit une cabane dans les bois. Ma tante se plaignait que je désertais la maison. Elle disait, Ce garçon a toujours été docile, un brin renfermé, rien de plus. Et le voilà qui passe ses journées de congé en solitaire dans la nature et même, l'été, ça lui plairait de dormir sous les buissons. Pendant les vacances elle me laissait filer à la condition que j'emporte mon déjeuner et que je rentre le soir me laver et manger la soupe, elle disait, Mon gars tu joues à l'ermite, t'as peut-être pas tort, vaut mieux vivre en compagnie d'un vrai bon soi-même qu'entouré de copains foireux. Elle aussi était du genre plutôt farouche, se méfiant des ragots de village, les bagoulis des vieux qui inventaient des histoires parce que autrefois elle les avait refusés. Disaient qu'elle était pas ma tante. Qu'elle était ma mère qu'avait eu un vagabond pour amant. Un vagabond ça vagabonde c'est pas mal c'est quoi au juste ? Un coureur des grands chemins ? Ça me plaisait assez comme père. Alors ils ont changé, ils ont dit, T'es le fils de. Ont choisi les gus bien crades. Ceux qui pointent à l'aide sociale. Ceux qui se servent gratos au bord des champs de légumes. Ceux qui sortent du bistro pour vomir dans le caniveau et s'éloignent en marchant de travers oubliant leur vélo à la porte.

Ceux qui – Cherchant parmi les types les plus dégueu ils ont eu l'idée géniale que j'avais pour paternel notre maître d'école. C'est pourquoi j'étais fort en calcul. Mais aussi pourquoi j'étais mal dans ma tête. T'occupe pas, disait ma tante, Ils racontent des conneries.

Qu'on se moque de moi je déteste. À cause d'un pull retourné.

Oui j'ai cette manie bizarre. Le livre que j'ai pris à la bibliothèque ça parle des gens qu'ont l'esprit détraqué. Y en a qui se tortillent les cheveux. Les trichobilloquelque chose. Y en a qui se lavent les mains vingt fois par jour, y en a d'autres qui se donnent un mal fou pour que leurs livres sur l'étagère, leurs papiers sur le bureau, leurs chaussures en bas du placard soient parfaitement alignés. Les vérificateurs reviennent encore une fois vérifier que leur porte est fermée. Paraît que ce sont des malades. Est-ce qu'on en est un aussi lorsqu'on met son pull à l'envers ? Je prends mes précautions et pourtant ça loupe pas. Enfin oui, parfois ça loupe. Ou plutôt parfois c'est comme un miracle, je me retrouve – question pull – les coutures en dedans. Mais le plus souvent je m'étonne que le bout de ruban pour le pendre me gratte pas le cou. De la main je le touche. Dans mon dos, à l'extérieur.

Faudrait que je parte pour un pays moins froid. Pas de pull. Un simple tee-shirt.

Un tee-shirt je le mets à l'endroit. Parce que devant en lettres énormes c'est marqué *Wonderland Avenue*, on y voit deux boxeurs musclés qui vous recouvrent la poitrine ou encore un rhinocéros, un serpent la langue dardée et la queue en un gros nœud avec la recommandation *Don't look at me*, alors on le remarque. Un énorme peloton de cyclistes bariolés. Mickey– Minnie qui batifolent. On l'enfile dans le bon sens, le tee-shirt. Si on se trompait ça crèverait les yeux.

Bref.

Qu'on se moque de moi, j'aime pas.

Ce matin-là, c'était congé j'étais seul comme d'habitude, je suis parti, j'ai marché vers l'étang. Je m'attendais à être tranquille. Même le mercredi, les gosses du primaire viennent pas jusque-là.

Y en avait un. J'ai entendu un plouf quand il est tombé à l'eau. Il a tout de suite disparu. Et puis il a ressorti la tête, il avait l'air effaré. De nouveau il a coulé.

J'ai plongé.

Je m'y suis repris par trois fois – il m'échappait des mains, une vraie anguille – mais je l'ai rattrapé. Il avait pas trop avalé de flotte il a un peu gerbé. Et aussitôt a voulu expliquer. C'est qu'il était bavard en diable. Déjà fallait l'entendre, non s'agissait pas d'un accident, il avait pas glissé il s'était jeté exprès à la baille. Vu les circonstances y avait rien d'autre à faire. À l'école (la primaire) tout le monde se foutait de lui. Parce que la veille l'infirmière avait annoncé la visite médicale. Elle a dit, Enlevez les tricots. Elle a dit, Le short aussi. Le docteur a ausculté les gamins l'un après l'autre, leur a examiné la gorge et les oreilles, les a tapotés partout, leur a inspecté les couilles et l'infirmière a ordonné, Maintenant rhabillez-vous, traînez pas. Les mômes entendaient la sonnerie de la récré et y avait au programme une mêlée de rugby. Alors – qu'il a dit – nous on s'est grouillés.

Tellement que Bébert – ben oui, c'est son nom au noyé – il a enfilé son short avec les poches à l'intérieur et les coutures sur le dessus. C'est là que ça a pétaradé. La chanson, les rigolades. *Le bon roi Dagobert avait mis sa culotte à l'envers.* Et ça a continué avec saint Éloi qui dit *Ô mon roi Votre Majesté est mal culottée.* Quand on s'appelle Robert avec Bébert pour petit nom pas étonnant que les mecs ça les excite. Pour les astuces ils sont là, même s'ils comprennent rien au calcul.

Alors Bébert a choisi d'en finir. Le plus simple était la noyade. Il avait peut-être pas tort puisqu'il savait pas nager. Moi j'avais appris tout seul. C'était une bonne occupation pendant mes vacances en forêt quand l'eau est pas trop froide.

Avant de plonger j'avais enlevé mon anorak mon pull et mes godasses. Le minot il était glacé. Une fois étendu sur la berge je l'ai couvert avec l'anorak. Moi aussi je claquais des dents et puis y avait le choc de l'émotion. J'ai ôté ma chemise trempée, mon falzar qui dégoulinait je les ai tordus avant de les étaler au soleil, pâlichon dans ce fichu pays. Et par-dessus mon caleçon j'ai vite enfilé mon pull.

Une sale petite voix encore essoufflée mais déjà pleine de rire a dit, Hé couillon, tu l'as mis à l'envers.

Non, j'aime pas qu'on se moque. J'ai eu la rage.

Je l'ai rejeté au jus. C'était ce qu'il cherchait après tout. J'attendais. Ce bouffon il a pas reparu.

J'ai crié. Assez fort puisque le garde-chasse s'est ramené et ensuite les pompiers. Donc on l'a repêché. Trop tard. Lorsqu'on m'a interrogé j'ai dit que c'était pas ma faute, que j'avais appelé au secours. À pleine voix. Essayé de le sauver mais. Pas ma faute si ma tante elle m'a jamais payé l'entrée à la piscine.

Restait plus qu'à l'enterrer, le gosse. Derrière la famille y avait toute l'école. Le maître qui pourrait être mon père et qu'est bossu tordu dans le dos et dans la tête m'a regardé, a grogné, Alors toi t'as rien pu faire ? Je me suis dit que ce serait pas chouette s'il m'attaquait. Moi toujours je lui obéis. J'ai jamais refusé d'aller au tableau.

Il avait l'air de se poser des questions. Ça pleuvait un peu, j'avais mon K-way. J'ai dit, Ben non. Rien pu.

Maintenant au collège chaque semaine y a obligatoirement un cours de natation.

L'horreur c'est que je sais plus nager. J'ai une bouée en ceinture. Moi qui crawlais comme un champion a fallu que je m'inscrive dans la section *débutants*.

Cher

Institution Saint-Joseph

En salle d'informatique, le 18 février 2002, à midi trente

Cher Alexandre,

J'ai dit « Cher » par habitude, je vais le barrer tout à l'heure parce qu'à partir d'aujourd'hui t'es plus mon ami. Avec les Mac déglingués de la boîte je sais pas faire une croix. Je suis là en douce, le pion a laissé la clé sur la porte j'ai intérêt à me grouiller pendant qu'il surveille la cantine, pas moyen d'appeler à l'aide. Tu perds rien pour attendre, aussitôt ma bafouille imprimée je barre avec mon crayon-bille. Ça veut dire que tu étais « cher » et que maintenant c'est passé. Voilà. Et même ce sera plus saignant au Bic rouge. Du rouge ça doit pouvoir se mettre avec l'ordi. Ma mère prétend que nous les jeunes on est doués en informatique mais y a plein de choses que je pige pas, je bricole. Jérôme, mon cousin qu'a cinq ans de plus que moi, quand je lui pose des questions à ce sujet il se marre. Ça me tue.

Bon. Je t'écris pas pour parler du cousin. Je t'envoie une lettre d'engueulade, Alex, et si ça t'énerve t'as qu'à pas la lire. Après viens pas me demander pourquoi je t'attends plus quand on se défoule en roller. Ni pourquoi j'en ai rien à cirer de tes billets d'entrée à la disco que ton cousin à toi t'a refilés gratos. C'est débile la techno. Il est temps qu'on pense aux choses sérieuses. Il est plus que temps. Il est même trop tard.

Ce bac on l'aura pas. Tu dis que cette année on l'a pas perdu, le temps. Qu'on remettra ça l'année prochaine. Contentons-nous de nos découvertes, la prise de conscience des corps, tu dis. Ben oui, j'ai découvert qu'un corps de gars c'est chouette. Avec les filles, j'ai toujours balisé. Toujours depuis que cette gamine en grande section de Maternelle, y a des siècles, comme j'avais envie de pisser et que je baissais mon jogging en a profité pour me mordre la queue.

Non, le bac c'est pas pour demain. Mais ce qui nous attend après-demain ça devrait te donner les boules. On verra si tu feras ton caïd le 20.02.2002, mercredi c'est-à-dire. La terre tournera à l'envers tout sera déréglé, les fleuves, les océans, le mouve-

ment des planètes et à 20h02 les humains crèveront, juste au début des infos. Fini, les histoires de présidentielle et de pédophilie, les attentats, la météo, les médailles d'or de Salt Lake City. T'as vu le programme super des sauts acrobatiques ? Et le gars qu'a bien l'intention de foncer à 130 km/h aplati sur son skeleton, le menton au ras du sol. Leur gloire aura servi à rien puisqu'ils vont être entraînés dans une catastrophe cosmique. À cause de toi, hé patate. Toi et les autres du même genre. Qui veulent pas s'activer les méninges.

Je te l'ai dit et répété y a qu'une solution pour s'en sortir. Je l'ai entendu à France Inter. T'as beau rabâcher que je suis pas de mon époque, que j'ai un mental d'un autre âge tu penses un peu comme moi dans l'ensemble. Tu m'écoutes quand je propose un coup de main pour la bouffe des S.D.F., et si on n'est pas très forts en cuisine reste la manutention. T'as été d'accord que fallait aider les petites mémés qu'ont du mal avec leurs courses, t'as promis que tu leur faucherais rien, tu les sortirais de la merde quand le sac plastique a pété et que les pommes croulent sur le trottoir. Mais que la rotation de la terre ça s'inverse tu t'en cognes. Paraît pourtant que ça aura des réactions incroyables. Typhons, raz de marée, cyclones. J'ai demandé à un prof qui vit dans mon immeuble – je le rencontre achetant ses nuigraves au tabac – il m'a dit, Pourquoi tu voudrais que la terre se mette à tourner à l'envers y a pas de raison et puis il a déclaré, Je file à la réunion des parents d'élèves, à plus.

J'ai demandé aussi l'avis de mon cousin qu'était chez lui, en string, dans la posture du lotus sur un tapis made in India. Il m'a répondu, Ça chaufferait. Puis il a marmonné Brrr brr comme s'il se gelait les bonbons. Mais j'en ai dit assez sur le cousin.

Donc. À France Inter hier matin ils ont raconté que les Anciens, plus conscients que nous de ces risques astro-tellurico-giratoires (c'est le terme qu'ils ont employé), avaient trouvé un remède très simple et qui tient du miracle. Les Anciens ont inventé la Danse du Grand Palindrome – ils ont dit double palindrome. Le mec de la radio a expliqué. La dernière fois le 11.11 de l'année 1111 les gens ont décidé que tous à 11h11 se prendraient par la main, tous les gens de tous les pays pour danser une vraie java dans le sens habituel du mouvement de la terre. Et l'humanité a été sauvée. Nous aussi, encore dans les limbes comme dirait l'aumônier (déconnecté, le mec). On est dans la même situation. Et faudra recommencer le 21.12.2112 à 21h12. Ceux qui seront toujours en vie puisque maintenant ça se fait d'être centenaire. Et les nouveaux.

Toi qui voulais le bonheur universel – beau programme – t'as pas réagi. Tu t'accroches à notre vie quotidienne. Pas pour longtemps car dans deux jours – sauf si on se magne terrible – ce sera la fin du monde. Je t'écris avant la fin.

Parce que je veux que tu le saches au bord de la cata : t'es plus mon ami. Comment je pourrais encore parler d'amitié depuis que t'as flashé sur Karine. Et que je t'ai surpris qui l'embrassais. Dans la chapelle de la Vierge, juste avant la confession. Me dis pas que c'était un merci pour le devoir de latin qu'elle t'a passé elle est nulle. Elle a eu un quatre au dernier contrôle.

Y a d'autres filles qui sont belles, Sasha, Michelle, Irina, Yva, Zali, les patineuses. Je les ai matées aux Infos. À Salt Lake City. Les mormons de Salt Lake City jadis ils avaient des manières bizarres. Paraît que les maris s'offraient plusieurs épouses, la polygamie c'était leur truc. Peut-être que j'aurais dû m'adresser à une femme pour la ronde dans le bon sens. Les meufs ont parfois des idées. J'ai cherché dans les journaux les détails sur le palindrome et la façon de s'en tirer. Rien dans La Croix. J'ai essayé Libé j'ai lu un article. Une journaliste assurait qu'il s'agissait pas d'une seule ronde sur toute la planète mais de petites rondes ici et là, chez soi, au stade, devant le poste de télé, ou sur les lieux du travail pour ceux qui font les trois/huit, des petites rondes qui se mettraient en branle à 20h02 le 20.2002 et ça s'enchaînerait dans le prochain fuseau horaire et cetera. Génial. Voilà, à mon tour j'ai tout expliqué. Tu diras pas que je t'avais pas prévenu. Malgré que les cours te débectent t'es un gars plutôt scientifique alors tu ris de ce qui me stresse, moi qui écris des poèmes.

Ben oui, c'est con d'être poète. Vaut mieux s'intéresser aux équations et aux formules.

On aura parcouru ensemble un bout de chemin. C'était cool. Même si l'aumônier te range dans les mauvaises fréquentations (il l'a dit à ma mère). Je te quitte au carrefour. Salut.

Jean

P.S. T'as vu ? J'ai trouvé la commande du Mac pour avoir une vraie écriture ou presque. On choisit ça dans les « polices ». Encore une illusion des apparences. Nous deux aussi c'était l'illusion. Tu m'as blousé total. Karine, tu vois, elle est pas une fille comme les autres je crois qu'elle et moi ça aurait marché si tu te l'étais pas tapée. Avec elle j'aurais oublié tes caresses qui sont des fautes, dixit l'aumônier. Peut-être que Dieu a voulu m'avertir, m'indiquer la bonne route. Mais voilà qu'à présent je pense que mon cousin il est top quand il pratique son yoga presque tout nu sur le tapis. En fait les muscles des gars sont plus bandants que les rondeurs des filles. Pourtant le 20.02.2002 la sainte du jour c'est sainte Aimée. Et sûrement ça tombe comme ça parce que Dieu veut me dire quelque chose. À propos de toi. Ou de mon cousin.

Ciao. En conclusion je répète que t'es plus mon ami. D'ailleurs dans deux jours on est morts. Je sens que cette fois ça aura rien à voir avec le trajet hasardeux d'une comète. Ce sera le Jugement dernier.

Allez, terminé. On se reverra face à l'Éternel. Souviens-toi que pour être sauvé faut pas manquer de réciter au moment fatal un acte de contrition.

Cuisine

Je verse le lait dans la casserole. Je le mets à chauffer. Je sors la boîte de chocolat en poudre. Je coupe le pain. Je pose le beurrier sur la table.

Sept heures. J'ouvre le vaisselier, les bols sont en une pile. Des bols blancs ornés d'un coquelicot. Lise ce jour-là m'avait dit, Je les ai faits au tour à l'atelier de modelage, le travail manuel me détend après le stress à l'entreprise. Exemplaires uniques. Lise me les a offerts une semaine avant mon mariage.

Vingt ans déjà, ils sont intacts.

Le lait bouillonne, va déborder. J'éteins le gaz. Je dispose les bols sur la table, sur la nappe à carreaux. Un deux trois quatre cinq. Six.

Laurie descend l'escalier. Des enfants, elle est toujours prête la première. Elle serre contre elle son cahier d'orthographe. Elle annonce, Je m'ai lavé les dents. Et puis, L'accord de l'adjectif est entré dans ma tête.

Je l'embrasse. Elle dit, T'as bien dormi, maman ? Le matin tu es belle. Elle ajoute, Le soir aussi. Je souris.

Pierre et Charles descendent l'un après l'autre. Pierre bâille, Charles passe un doigt précautionneux dans ses cheveux hérissés (gel Fa, dernière pub à la télé). Je me dis qu'il a besoin d'un shampooing. Martha dévale les marches tenant à la main ses sandales aux semelles énormes. En cette fin de novembre elle porte une jupe légère, très mini, ça ne me semble pas la tenue idéale pour aller au lycée par temps froid. Elle a quinze ans. Je ne dis rien.

Tous quatre s'assoient devant un bol. À la place qui au long des jours leur est devenue habituelle. Le cinquième bol est pour moi. Le sixième je le repousse au bout de la table jusqu'à recouvrir cette brûlure, là où un ancien matin Nick relisant un dossier, cravate pas encore nouée mais chemise blanche et chaussures cirées a laissé tomber sa cigarette. Pour la centième fois j'ai soupiré, Quand vas-tu arrêter de fumer ? Ce matin-là il s'était un peu fâché, m'avait dit que le tabac l'aidait à se relaxer, que je ne pouvais pas comprendre, Toi la bonne ménagère, tranquille à la maison les pieds dans tes pantoufles. Demande à Lise si le travail de l'entreprise n'est pas exténuant, elle te dira, elle aussi fume.

Parfois Martha se lève, s'empare du sixième bol, le remet dans le placard.

J'apporte la casserole de lait. Je distribue couteaux et cuillers. Petit déjeuner quotidien. Cinq bols.

Avant c'était six.

Avant, c'était cinq bols de chocolat et un bol de café. Bien tassé. Nick ironisait sur les vertus assoupissantes du cacao, il ricanait lisant l'étiquette du bocal qui en vantait les mérites. Mais le temps est arrivé où son poison favori – marque *Folie noire* – lui a été interdit. Oui, pour vous c'est un poison disait le médecin de famille réprouvant tout autant l'usage des cigarettes.

Plus de café. Six bols. De lait chocolaté. *Concentré d'énergie, 35 % des AJR.*

Six bols. Et puis cinq.

Lise habite un peu plus loin, après la place aux fontaines. Nick aussi, désormais. Laurie et Martha y vont le dimanche. Martha me rapporte que son père a mauvaise mine. Il continue à se plaindre d'un surcroît de travail. Parfois pourtant il s'autorise quelque loisir, emmène les garçons voir un match de rugby. Nick est un fana du rugby. En spectateur. Dernièrement il a dû abandonner la pratique de tout sport violent, on a diagnostiqué une coronarite.

Martha n'en finit pas de se tripoter un bouton sur la joue. Elle prétend qu'elle est défigurée. Elle ne range pas le bol. Je dis qu'elle trouvera dans la salle de bains des cotons à démaquiller et un flacon d'eau de Dalibour. Rapidement nous mangeons nos tartines. J'en ai beurré cinq. Ce matin Laurie n'a pas demandé, Est-ce qu'il va revenir, papa ?

Et puis. La sonnette tinte. Une visite au petit déjeuner ? Le facteur ne passe qu'à onze heures d'ordinaire.

J'hésite. Pierre dit, Putain, c'est encore le gars d'à côté qui rentre après une nuit en disco et ne se souvient plus de son code, me gonfle ce connard. Il se lève je le retiens, Sois poli veux-tu. Et arrête de pétrir ton pain en boulettes.

Je m'avance. Quelqu'un frappe à la porte, secoue un des battants, et l'autre.

J'ouvre. Le ciel est pâle. Lise est devant moi agrippée au chambranle, tout son corps tremble. Je n'ose pas la toucher. Elle dit, Nicko — Il a — il est — Les larmes coulent jusqu'à sa bouche elle les essuie du bout des doigts. Martha supplie, Non, ne dis pas. Laurie repoussant sa chaise bondit vers Lise. Ses petites mains cognent au hasard, Va-t'en, elle crie. Charles et Pierre se taisent, ils sont blêmes.

Je reviens lentement vers la table. Je me penche et tends le bras. Le bol tombe. Le sixième. Un drôle de rire me secoue. Les débris du bol crissent sous mes pantoufles. Je lève la tête. Charles a besoin d'un shampooing, je me dis.

La guerre est déclarée

Toute petite déjà. Je me le répétais. Les jours où ça n'allait pas. Quand bon-papa lui rabâchait, à m'man, de sa grosse voix, Je t'ai pas élevée comme ça, et qu'elle prenait son air de chien battu. La manière de l'élever il pouvait en parler, pas de quoi en être fier, m'man un rien lui faisait peur. Ça me remuait de la voir misérable j'y pensais encore en revenant de l'épicerie-primeurs chargée d'un cabas superlourd et – dans mon angoisse sans doute – j'ouvrais la main je semais la monnaie. Arrivée sur le perron ayant vérifié que je n'avais pas le compte – c'était probable que des pièces avaient roulé sur le trottoir, à moins que je ne les aie oubliées à la caisse et je serais morte plutôt que d'y retourner et puis demander si – je me disais, Ben c'est pas un grand malheur, y a bien plus grave, bien plus tragique. Voyons – Par exemple. Décidons.

Ça pouvait être l'incendie de l'hôpital et les malades cuits entre leurs draps, ou l'explosion des bouteilles de butane entreposées dans un hangar près de l'école maternelle ou le couple de gangsters posté l'arme au poing derrière une cabine téléphonique, abattant les passants comme au jeu de massacre.

J'ai trouvé mieux : *La guerre est déclarée*. Pas vraiment mon invention. J'avais souvent écouté bon-papa qui répétait ses histoires habituelles s'attendant toujours – semblait-il – à ce que les interlocuteurs aient l'air de s'étonner avec des Oh et des Ah comme si c'était la première fois qu'il y allait de ses rengaines, donc je connaissais par cœur l'épisode qui lui avait évité une sévère dérouillée dans son enfance lorsque sans le vouloir – mais c'était voulu d'épater la galerie en se promenant sur les toits – il avait défoncé la verrière du voisin, un individu colérique, et comme le père de bon-papa (ça remonte à des siècles) se mettait lui aussi à brailler, Viens-là toi que je t'étrille, sa mère était rentrée à la maison et encore gantée chapeautée avait crié du vestibule, VICTOR, LA GUERRE EST DÉCLARÉE. Alors, ricanait bon-papa, le sort de la verrière est devenu secondaire, y avait de quoi oublier les vertus d'une semonce assortie de coups de martinet. On ne corrige pas un gamin qui a cassé quelques carreaux quand l'ennemi menace les frontières. On se dit que la vie se chargera de lui apprendre à vivre. Ou à mourir.

À mon tour d'en faire mon profit. Même si dans mon cas c'était du bluff. Bon-papa commençait à disjoncter vu son grand âge j'avais mes chances. Et m'man pourrait au moins se dire que l'abandon de son mari ça lui évitait le souci de voir le beau militaire rejoindre son régiment. Équipé de sous-vêtements Damart. J'avais intérêt à proclamer la nouvelle sur le ton noble et farouche d'une femme de l'Antiquité. En hommage au vieil Homère pas officiellement au programme du bac et toutefois un mec géant d'après la prof. Mon peu de goût pour Hector et Andromaque m'a valu un devoir supplémentaire. Pendant que la prof m'engueulait j'ai baissé les yeux, tranquille. Je me disais, Cause toujours, la guerre est déclarée. Quand Martin, mon meilleur copain, a dragué ouvertement la nièce du proviseur qui se chargeait de lui refiler les coordonnées d'une rave je me suis dit, T'as raison Martin, profite, ça ne va pas durer, les nuages s'amoncellent dans un ciel d'insouciance (hein, pas mal tourné). Parce que, pauvre bouffon, la guerre est déclarée.

Dommage que ça soit qu'une blague. Ça m'aurait changé les idées.

J'ai des idées moi aussi. À changer. Des idées noires. En ce monde qui merdouille.

Bon-papa peut encore rempiler. Dans la cavalerie par exemple, sur un cheval il dominerait. Comme ce jour-là en haut de la verrière. Ça n'existe plus je suppose. La cavalerie. Ma mère dit faiblement, Mais si. Elle ajoute, Je crois. Et puis, Pourquoi tu veux savoir ? M'man est vague, incertaine, elle a été élevée à la dure on lui demandait jamais son avis, elle s'est habituée à n'avoir pas d'avis. Bon-papa, lui, a toujours eu des principes. Indiscutables. Bonne-maman très vite a pas supporté, elle s'est tirée sans complexe avec le receveur des PTT qui venait d'obtenir son changement. Du nouveau bureau de poste elle téléphonait gratos à sa fille. M'man dit qu'un bisou au téléphone ressemble pas à un vrai. Non, ça n'était pas un conflit armé, juste les premiers signes concrets de la libération de la femme. Sauf que le receveur appartenait lui aussi à l'ancienne école. Et bon-papa trouvait qu'une mère ayant quitté le domicile conjugal en laissant derrière elle une enfant impubère n'avait qu'à la boucler. M'man ne l'a revue, sa mère, qu'à la maison de santé, longtemps après et seulement quelques jours parce qu'alors elle est morte.

Maintenant j'annonce qu'on rouvre les portes de la guerre. M'man me regarde d'un air soupçonneux comme si je préparais un mauvais coup. J'explique, Ben oui, ça va recommencer — Les Allemands ont à nouveau des envies d'Alsace-Lorraine. Le Luxembourg exige un accès à la mer. D'accord, je frime, mais partout ça bagarre. Y aura toujours des Troyens avec toujours une Hélène à ne pas rendre aux Grecs. Maman me supplie de me taire, Cesse de raconter des bêtises. Moi je me dis que si on était en guerre je pourrais me rendre utile ça occupe, espionnage ou soins aux blessés.

J'essaie de me figurer qu'un des éclopés – avec encore tous ses membres et pas la moitié de la tête emportée par une grenade, presque intact une fois lavé, plutôt traumatisé mais qui aurait gardé l'usage de la parole – me ferait des avances et deviendrait mon amoureux. Ce serait top.

Terminé le lycée à présent. L'*Iliade* et tout c'est du passé je suis à la fac en sciences économiques. La guerre on l'attend encore, et la petite Polyxène fille d'Hécube, quand on lui demande en quoi ça consiste répond, Ça signifie qu'on meurt. C'est Giraudoux qui l'a écrit. Bon-papa ne reprendra plus le commandement de sa section, il se traîne sur des jambes arthritiques. Il hurle qu'on lui apporte ses anti-inflammatoires. J'ai pas eu l'occasion d'être dans l'embarras face à un ventre ouvert, j'avais lu un documentaire où on disait que les femmes pendant la Première Guerre mondiale, qu'elles soient des aristos des bourges ou bien qu'elles sortent du peuple, toutes unissaient leurs efforts pour fabriquer de la charpie à la tonne. Et que durant la seconde les Anglaises avaient dirigé les entreprises de leur pays, héroïques à leur façon tandis que les époux et les frères débarquaient sur nos côtes. Moi j'ai simplement grandi. Bêtement. J'ai un petit ami. D'un mètre quatre-vingt-cinq. Martin. Qui ne cesse de faire des projets. Qui parle de paix universelle. Je doute. Je dis, Martin, ce sera demain en gros titres dans le journal, ou la semaine prochaine, ORDRE DE MOBILISATION GÉNÉRALE. LES HOMMES APPARTENANT AUX CLASSES — ces jeunes qui livrent des pizzas en rollers, qui font du body building, acclament Madonna au Zénith, créent des start-up en pagaille, s'affalent devant l'écran télé grouillant de sportifs dopés jusqu'aux yeux, ceux-là à peine plus âgés que Martin vont recevoir leur feuille de route et vont aller s'équiper d'un uniforme et d'un fusil. Martin m'embrasse et me papouille. Il me dit que je débloque. Ça ne semble pas l'inquiéter.

Y a des gens que rien ne trouble. Martin, ça lui arrive jamais. D'être en retard pour le dîner, d'avoir perdu le livret de famille (tellement chiant à remplacer), de se payer une note exécrable quand vous avez à traiter des conséquences de l'inflation sur les systèmes monétaires. Je le dévisage, il est plein d'enthousiasme débordant d'énergie, moi j'ai peur. Il parle de ce qu'on fera (si la guerre n'a pas lieu, je précise), on se mariera on aura des enfants. Et puis on. Il a tout prévu. Il parie sur notre avenir. Je me tais, je me recroqueville. C'est pas facile à endurer, la crainte. Mieux vaut connaître son malheur pour tenter de l'apprivoiser. J'appelle à mon secours le feu de la bataille. Supposons que l'ennemi pointe sa mitrailleuse. Qu'un obus miaule. Qu'une bombe éclate. On saurait sur quel pied danser.

À Martin je réponds, Calmos, on discutera plus tard. Pour l'instant la prudence est de rigueur. Ce n'est vraiment pas le moment de se lancer dans des projets.

Il dit, Pourquoi ? et moi je dis, Parce que. Et je reste muette. Ça vibre au-dehors. Les populations ruminent leurs griefs. Les hommes se regardent de travers. Les femmes s'éloignent à la hâte serrant leur enfant dans les bras. Ma mère réclame de l'eau pour avaler ses gélules. Et avoue qu'elle n'en espère rien, que sa déprime est chronique, elle la tient de sa mère à elle. Bonne-maman que le receveur des postes n'a pas su protéger. Qu'il a fait enfermer dix ans dans un asile.

À l'aide. Je flippe.

Dans ma tête ça bascule. Je tremble je transpire. Martin interroge, Qu'est-ce qui te prend. Je le laisse un peu me caresser et puis je dis, Tu m'agaces.

Que je l'aime à moitié n'y change pas grand-chose. Je dis que l'horizon est sombre, lourd d'orage. Avec au programme le tonnerre et la foudre. Il proteste, Enfin. Voyons. Qu'est-ce que tu vas chercher.

Je panique. Y a un nœud dans ma gorge. Mes oreilles entendent grincer les gonds rouillés. Mes yeux voient les portes qui s'entrouvrent.

Qu'est-ce que j'ai. Qu'est-ce

Je sais.

Je SAIS. La guerre est déclarée.

Roses

Si seulement il y avait des étoiles dans le ciel. A soupiré une bonne sœur quand sainte Thérèse était à l'agonie. Et aussitôt le ciel est devenu limpide et criblé de lumière.

Des moments comme ça dans la vie on en rencontre. Miraculeux à ce qu'on dit. Comme cet instant où soudain, face à la bouchère de L., j'ai reconnu Babette, ma copine de collège. Celle qui autrefois assurait que lorsqu'elle aurait l'âge elle répondrait à l'appel du Seigneur, s'appliquerait humblement à aimer son prochain et que je découvrais dix ans plus tard installée derrière le comptoir d'une boutique qui portait au fronton BOUCHERIE DE LA P'TITE THÉRÈSE. Pour le nom j'ai hésité racontait Babette qui prétend connaître l'anglais, j'avais d'abord choisi THERESE'S BUTCHERY. Ça faisait titre de roman policier. « P'tite Thérèse » c'est plus convivial.

Souvent la bouchère râlait en aiguisant ses couteaux. Elle disait, Ce mec il veut ma peau. « Il » c'était qui ? L'inspecteur des services d'hygiène ?

Plutôt le mari employé de bureau qui l'avait soutenue dans son apprentissage puis encouragée à prendre le bail mais la laissait se débrouiller avec les grossistes cependant qu'il occupait ses loisirs à jouer au rami. Moi je m'efforçais de lui remonter le moral mais si jadis au collège (l'institution Sainte-Thérèse) on s'était crues inséparables à présent ce n'est plus possible qu'on soit de vraies amies parce que désormais je suis végétarienne. La vue de la viande m'écœure. Je ne le dis pas, remarquez.

Les bouchers les bouchères m'effraient. Les grands couteaux à découper. Le tablier sali. Les bouchères plus que les bouchers car les femmes ont les nerfs qui lâchent aisément et les nerfs lâchés d'une bouchère ça peut tourner au tragique, brusque et total manque de contrôle dans le maniement des outils, pan, la cliente trop exigeante – ou revêche – reçoit un coup de hachoir sur la tête, c'est l'os qui se brise – crac – et flop, l'acier qui a perdu son accélération pénètre en douceur la cervelle.

Bon, j'arrête. Je n'ai pas l'intention de porter préjudice à un corps de métier respectable. Il faut de tout pour faire un monde. C'est mon intérêt de ménager Babette puisque je lui ai proposé d'effectuer à son profit – moi qui suis habile à manier l'aiguille – un peu de couture à façon et de menus raccommodages. Pour un salaire très raisonnable.

Je ne sais parler qu'avec mon cœur. Babette garde dans son tiroir (pas le tiroir-caisse ni celui des couteaux) un livret où sont notées les pensées de la petite Thérèse. D'où elle le tient je l'ignore. Il y en a sans doute un tas (format in-8 couverture ornée abondamment d'une pluie de roses aux tons pastel) sur le présentoir contre un pilier à l'entrée de la basilique. Ou bien elle a reçu le sien d'une ancienne catéchumène à l'occasion d'une retraite partagée. Je l'ai vue un jour se baisser pour prendre de la ficelle dans le tiroir et elle s'est redressée tenant dans la même main le carnet et la pelote, de l'autre main serrant le manche du couteau, elle a refermé le tiroir d'un coup de genou vigoureux en disant, Ouille, qu'elle avait failli oublier son épanchement de synovie.

Les pensées de sainte Thérèse ne me paraissent guère à leur place dans le troisième tiroir sous l'étal d'une boucherie mais je me suis abstenue de toute remarque à ce sujet. Qui peut décider d'une place idéale pour des mots brûlants d'amour ? L'amour se niche n'importe où. Si on trouve ces mots-là chez la bouchère c'est que l'usage du couteau ne l'a pas endurcie. Qu'elle se souvient de la leçon du prof d'instruction religieuse qui nous prêchait le partage. Le bruit court que Babette expédie à l'hospice ses reliefs de barbaque. Rassis, encore mangeables. Vous me direz que les vieux le plus souvent demeurent capables d'apprécier la qualité, je vous rétorquerai qu'entre du haché frais ou légèrement tourné la différence est peu sensible lorsque ça a longuement mijoté à la poêle. Et tant de pépés et mémés souhaiteraient se voir débarrassés du fardeau de l'existence (approuvés en cela par leurs descendants) qu'on n'a pas trop à se soucier des troubles que leur causerait une viande avariée. Dans le cas d'épidémie d'infection intestinale avec diarrhée déshydratante et complications diverses (gastro-entérite ça se nomme) la plupart d'entre eux terrassés par le mal remercieraient le Seigneur de leur ouvrir Son royaume.

Sœur Thérèse elle aussi aspirait à y entrer. Elle préparait déjà sa vie dans l'autre monde. Elle avait des projets elle dressait son planning, l'éternité ça dure *Oui je veux passer mon ciel à faire du bien sur la terre.*

J'ai dit à la bouchère – ma copine Babette – Allons laisse-moi t'aider, tout encombrée qu'elle était de son couteau sa ficelle et le carnet à la couverture où pleuvaient les roses. Le carnet coincé entre pouce et index, la pelote lovée dans sa paume d'abord elle a refusé mon offre, et puis elle a cédé. J'ai posé le carnet sur le comptoir. Tandis qu'elle ficelait les paupiettes (chair à saucisses empaquetée dans une très mince tranche de veau) j'ai tourné discrètement les pages et j'ai lu les paroles de Marie Françoise M., nom d'état civil de sœur Thérèse, fille de Louis M. et Zélie G. *La souffrance m'a tendu les bras et je m'y suis jetée.*

Moi c'est la bouchère qui m'invite. Je n'ose pas m'y jeter. Dans ses bras. Elle a toujours le hachoir à sa portée. Se jeter entre des bras dont l'un se termine par une main qui brandit une lame aiguisée ça demande un certain courage. Sainte-Thérèse-de-l'Enfant-Jésus gardez-moi entière et intacte. Et que Babette reste fidèle à son Dieu qui lui ne craint pas les blessures mortelles puisque Son fils bien-aimé lui enseignera la résurrection.

M'écartant de la bouchère je me suis rapprochée du mari. Je le jugeais bel homme. Mais le séduire n'a pas été facile. On ne le voit guère dans la boucherie. Il emploie son temps libre à tirer des plans pour gagner au rami. Pendant que Babette du plat de son hachoir attendrit ses escalopes ou transforme les bas morceaux en faux-filet.

La pluie des pétales est tombée. Pas vraiment sur Babette mais dans le tiroir au carnet. Un jour, ouvrant le tiroir pour y chercher du réconfort ou simplement le prospectus de conversion des prix de la viande (de francs en euros, bien sûr) Babette a soudain écarquillé les yeux devant le carnet recouvert de roses. Des vraies. Très parfumées.

Elle a reconnu là un message céleste, une confirmation. Babette touchée par la grâce a distribué à l'entour les rôtis et les côtelettes. Puis elle a donné ses couteaux pour une braderie de la charité, elle entrait désarmée au carmel. Là-bas elle aurait surtout besoin d'un épluche pommes de terre. À moi elle a remis son tablier rougi. D'un sang rédempteur. Je n'ose pas le laver.

Ce matin à la devanture, fixé au rideau métallique il y a un écriteau *Fermé pour cause de conversion.* Encore ce mot. À toutes les sauces. Oui, on va convertir la boucherie en boulangerie dit la voisine de l'ex-bouchère qui s'en réjouit parce que la farine ça fleure bon. Et puis elle connaît le couple qui a décidé d'acheter le commerce vendu pour une bouchée de pain – Babette renonce à tout profit – deux jeunes gens doux et tendres comme la brioche d'après messe. La boutique aura pour enseigne AU PAIN BÉNIT DE LA P'TITE THÉRÈSE.

Babette commence son noviciat. Elle me dit que son mari a dû quitter le domicile conjugal, qu'elle n'a plus de nouvelles. Elle croit qu'il est parti dans un de ces pays où les élus du Seigneur s'efforcent d'imposer Sa présence. Que le fanatique des cartes, gratte-papier indolent, pécheur repenti, œuvre désormais pour le Royaume des Cieux. Elle ignore que la boulangère le laisse occuper la chambre d'amis, qu'il s'y sent très à l'étroit et que cette nuit encore il a partagé mon lit. Il me confie, Je n'ai jamais osé avouer à mon épouse que c'est le fleuriste du marché, ancien copain de régiment, qui a monté le coup des roses. Un chouette bouquet bien sûr mais ce n'était qu'une simple plaisanterie.

Suite à l'ouverture de la boulangerie le mari de l'ex-bouchère se gave de croissants en jouant au rami et vient deux fois par semaine quémander un peu d'amour que je lui concède à prix discount. J'aimais mieux les travaux d'aiguille. L'homme a grossi, c'est le remords et la peine. Le regret d'un bonheur qu'il n'a pas su garder. Depuis qu'il a perdu sa bouchère il n'est vraiment pas performant je ne sais plus que faire de lui.

Un soir, à la maison

Je suce ma pointe Bic, pas la pointe, le gros bout. J'ai encore attendu la dernière minute pour ouvrir mon cahier. Expression écrite, ça s'appelle. Ma mère claironne, Au lit les enfants. J'ai même pas commencé. Le sujet c'est Un soir, à la maison. Pas tellement difficile, suffit qu'on raconte. Regardez autour de vous, le maître a dit, et que ce soit vivant, j'ai regardé. Pierrot mon frère de dix-sept ans qu'a pas mal fumé se cramponne à la table, il fait des chansons il essaie J'écris du rap quand ça dérape. Lui il s'en sort guère mieux que moi, il en est encore à la première ligne. Ma sœur Carole se peint les ongles en vert c'est tendance, maman va râler si ça barbouille les draps. Gilles et Claude – les petits – s'énervent et braillent, lançant entre les pieds des chaises leurs camions de pompiers qui se heurtent et prennent feu (ils disent). Gillou a le doigt dans son nez comme d'habitude, très mauvaise position pour garantir de l'autre main la trajectoire du véhicule. Moi je suce mon bic. Faut que je m'accroche.

Un soir, à la maison

Nous venons de dîner. Maman demande qu'on débarrasse. Elle dit, Ne vous disputez pas, votre père est fatigué.

Papa lit *Le Parisien*. Il dit, Merde, y en a que pour le foot. Je pourrais lui faire commenter le match des Lions contre les Bleus je recopierais l'article. Sans doute on devinerait tout de suite que ce sont pas mes mots à moi. Pourtant je me verrais bien dans les tribunes expliquant à mon voisin paumé que s'agit en premier d'avoir l'esprit d'équipe.

Non, ça coince. C'est *Un soir à la maison* et pas *Au stade dans la journée*. Papa tourne la page, il dit, L'employé modèle se servait dans la caisse, la voiture folle renverse trois piétons, il tourne encore il dit, Putain, toujours les mêmes discours sur les logements sociaux à réhabiliter et on nous laisse pourrir dans du pourri. Mon grand frère Pierrot, l'air encore défoncé, émerge de son trip. Je peux pas mettre ça dans un devoir de français.

Un soir, à la maison

Nous venons de dîner.

Qu'est-ce qu'on a mangé ? Une pizza. Maman les achète prêtes à réchauffer. Avant, quand papa avait pas été mis au rancart – comme il dit – mais allait tous les jours à l'usine, quand on payait réglo la facture Cegetel, elle commandait la bouffe au téléphone. Allô Star Pizza, Service des livraisons c'était pratique. Ma sœur Carole s'arrangeait pour recevoir le livreur. Tantôt le brun tantôt le blond ou celui qu'a des yeux bleus Carole s'en fiche, elle les trouve tous beaux gosses. Qu'elle dit. Ma mère le dit aussi. Carole ça l'agace que maman soit trop aimable avec les motards de Star Piz. Elle lui lance, Toi t'es vieille, pourquoi tu leur souris ? Maman dit que le sourire efface les rides. Maman et Carole se cherchent sans arrêt. Carole va plus en classe, elle travaille chez Leroy-Merlin, vendeuse au rayon sanitaire. Elle dit que la robinetterie elle y connaît que dalle, chez nous c'est du vieux matos y a tout le temps des fuites. Pour plus tard Carole a choisi de faire actrice de cinéma. Pierrot se marre, lorsqu'il est dans un état normal il l'encourage à courir les castings. Claude et Gilles qui ne manquent jamais un polar à la télé hallucinent, Ouais ce serait top, tu nous donnerais des billets pour le ciné. Lorsqu'elle répond, Délirez pas j'ai déjà des commandes, je les refilerai à mes copains, Gillou pleurniche. Puis il s'arrête et papa dit, Bon, t'as fini de chialer ? Gilles le doigt dans la narine et la voix encore mouillée déclare, Non j'ai pas fini, je me repose un peu. Maman dit, Tu te crois malin ?

Pierrot tapote sur la table *J'écris du rap quand ça dérape*. C'est pas des choses à raconter, tout ça.

Un soir, à la maison

Maman a redit, Au lit les gamins. J'ai protesté que j'avais pas terminé. Elle s'est approchée pour vérifier par-dessus mon épaule le titre de l'exercice. Elle a dit, T'as assez mordillé, tu t'abîmes la mâchoire, elle a essayé de me confisquer mon bic. Elle a dit, Ton maître qu'est-ce qu'il se figure, il veut savoir comment on vit, comment on passe nos soirées. Un type qui manque pas d'aplomb. Se croit tout permis parce qu'il est fonctionnaire. Elle a dit encore, Il va m'entendre, je le convoque demain pour une inspection.

J'ai eu les boules, j'ai écrit :

Un soir, à la maison

C'est un soir très doux. Nous venons de dîner. On avait invité des amis. On a bu du champagne pour fêter la promotion de papa qui a été nommé (deux m) *ingénieur dans sa boîte. Maman avait une jolie robe, Carole aussi. Les petits ouvraient des yeux émerveillés en recevant de nos chers convives des places de cinéma, rien d'étonnant* (deux n) *ils viennent d'acheter l'UGC du Forum. Les petits ont dit oh merci. Ce fut une soirée super.*

Sauf que la robe de Carole craque aux coutures. Pour une fois Carole m'a fait des confidences. Avant c'était à Pierrot qu'elle demandait conseil, maintenant il est naze. Elle m'a glissé d'une drôle de voix qu'à mon âge je devrais comprendre. Qu'elle a grossi de cinq kilos. Qu'un mec l'a mise dans cet état, elle a dit. Un des livreurs de pizza peut-être, ça elle a pas dit mais seulement, Et où on le foutra ce môme dans cet appart' totalement crade ? Qu'il faudrait bien qu'elle se décide à annoncer la bonne nouvelle aux parents. Un de ces soirs, à la maison.

Aline au feutre rouge

Non, pas le chapeau rouge acheté aux Galeries Lafayette. Avec son bord étroit qu'on relève. Le chapeau en feutre. Pas ça. Un feutre, oui. Un crayon-feutre.

Tiens, vous écrivez au feutre rouge s'est exclamée la graphologue. Elle venait d'évoquer son métier, de révéler qu'elle avait fait dix ans d'études avant de se sentir capable d'exercer. Et même après dix ans – et des mois de pratique – elle avouait, faussement modeste, qu'elle se posait des questions, qu'elle avait des scrupules, parce que la graphologie ça exigeait une intuition aiguë, un don particulier. De la sagacité. C'était aussi un dur travail.

Elle avait beaucoup travaillé. (Disait-elle, la graphologue.) Beaucoup aidé les employeurs ou leurs directeurs des ressources humaines à établir le bilan de compétences des demandeurs d'emploi (curriculum vitæ obligatoirement manuscrit), hommes ou femmes qu'on rejetterait si la lettre de candidature présentait des signes d'inaptitude pour le métier convoité. Aidé aussi les employés qui désiraient mieux se connaître et tentaient de modifier leur profil psychologique afin de se plier aux normes d'une entreprise. Elle disait (la graphologue) qu'elle en avait terminé avec de tels cas de conscience, elle souhaitait désormais se consacrer à la formation d'un disciple qu'elle soutiendrait de ses avis pour finir par organiser le partage de son cabinet (en centre-ville, très fréquenté).

Aline contemple le crayon. Qui écrit rouge. Oh c'est par hasard que je l'utilise. Chez moi il y a des stylos disposés dans un verre, en bouquet. Des feutres. Ma petite Nanou, dès son entrée à l'école, s'est fixé pour tâche quotidienne de vérifier leur état et de jeter à la corbeille ceux qui ont terminé leur carrière. Elle m'a tendu celui-ci sans s'occuper de la couleur de l'encre. Dit Aline. J'ai souri, Merci ma chérie. Non il ne s'agissait pas pour moi d'un choix délibéré.

Je ne crois pas au hasard, a déclaré la graphologue.

Aline continue d'expliquer, J'avais renversé dans mon sac le flacon au bouchon mal vissé, du balsamorhinhol que j'emporte partout, tendance au rhume en cette saison (Nanou, arrête de renifler), mon stylo trempait dans l'huile. Voilà pourquoi Nanou m'en a proposé un autre. En plastique rouge parce que c'est gai, je suppose. La graphologue a hoché la tête, dubitative (bavardages, je n'en pense pas moins).

Feutre rouge. Pas le chapeau acheté aux Galeries. Pour plaire à Justin. Qui m'aime avec un chapeau, dit Aline, qui m'aime aussi déshabillée. Parfois il veut me voir nue avec seulement le chapeau. Ça te donne un air mutin (il dit). Je le porte du matin au soir mais pas du soir au matin. Mutin matin Justin, on en ferait une chanson. Justin qui est entré dans ma vie par miracle. Dit Aline. Voici quelques semaines. Un beau matin. Le beau Justin. Je l'ai séduit.

Aline sourit. Mon air mutin. Le coup de foudre.

Depuis, les bâtons que trace Nanou perdent peu à peu leur allure bousculée. On en découvre encore qui tremblent.

Nanou a dit oui que Justin est beau mais. Aline avait compris *beau mec* et se demandait d'où la gosse ramenait sa façon de parler. La graphologue ne disait rien, elle ne s'intéresse aux enfants que lorsqu'ils connaissent leurs lettres et savent les former (déformer) sur la page. En ce qui les concerne tout jugement demeure aléatoire. Chez les adultes l'écriture reflète plus fidèlement la personnalité. Si les rondeurs prédominent : harmonie, nature généreuse. Le pointu, l'anguleux : signe d'agressivité. La couleur rouge encore plus. (Bleu : modestie, délicatesse, noir : besoin de conformité, affirmation de la volonté avec une tendance à l'angoisse, rouge : manifestation évidente de pulsions incontrôlées.)

À l'exception du rouge qu'on n'aurait pas choisi. La graphologue suggère, Pas choisi consciemment. Aline soupire, Je suis plutôt passive.

Elle dit que Nanou est allée en vacances. Chez sa mémé. Que Nanou a bien profité. Elle dit (Aline), J'ai profité aussi. De son absence. Huit jours à ne plus penser qu'à Justin, et autant de nuits d'amour (délices et orgues) avec Justin. Amour, délices, oui. Pourquoi orgues ? Eh bien, dit la graphologue, ce sont trois mots qui obéissent à une même règle. Masculins au singulier, féminins au pluriel. Aline aurait préféré croire que leur conjonction exprimait les élans d'une passion exaltante. Au singulier ou au pluriel. Dommage. Soyons lucides a dit la graphologue. Aline l'a redit à Justin. Il a voulu savoir si cette raisonneuse était jolie, Nous sommes des amies à présent tu vas la rencontrer, ce soir elle vient dîner. Justin l'a trouvée très bien.

Nanou revenant de chez grand-mère a interrogé sans attendre, Est-ce que cette fois j'ai un papa ? Aline a aussitôt déclaré qu'on verra, qu'on doit se garder de tirer des conclusions hâtives d'une situation pas encore durablement établie. Nanou a dit, Hâtives c'est quoi ? Et conclusions ça veut dire quoi ? Durablement ? Établie ? Je lui ai proposé d'aller jouer avec les copains du quartier, dit Aline. En emportant son goûter. Nanou demande, Je peux prendre ton chapeau rouge pour faire la sorcière d'Halloween ?

La gamine est montée sur une chaise afin d'atteindre le chapeau accroché à la patère et moi, dit Aline, je regardais la patère d'où ne pendait plus de vêtement masculin. Elle ajoute, Parce que Justin est rentré chez lui. Le beau Justin est sorti après le petit déjeuner en ce huitième matin pour acheter des clopes et n'est pas revenu. Aline l'admet, ça lui est arrivé plus souvent qu'à son tour de perdre un homme qui semblait installé pour de bon dans sa vie. Cette fois pourtant elle avait cru —

Je peux prendre ton feutre rouge ? dit Nanou renversant le verre aux stylos. Elle a ajouté s'il te plaît, et déjà griffonne ses bâtons.

Tordus. Et de travers.

Un jour, j'en suis certaine, dit Aline repassant à la vapeur le bord froissé du chapeau, Nanou tracera des lettres qui composeront des mots aux courbes parfaites. À l'âge des curriculum Nanou sera équilibrée, entre une mère adorante et un aimable beau-père. Suffit d'attendre, dit Aline. De porter le chapeau rouge avec un brin de coquetterie, un soupçon de sensualité.

Ce Justin, a dit la graphologue — il doit être — Ce Justin, je suis sûre qu'il — Elle examine le message *Je vais chercher des cigarettes.* Cinq mots pour juger un homme. Les formes sont souples et habiles sans relâchement sans faiblesse. Les oves gonflés et verrouillés sont portés par un trait ferme. La graphologue a décidé qu'elle découvrait là un scripteur intéressant à plus d'un titre, qu'elle souhaitait le connaître un peu mieux.

Elle lui a écrit une lettre. Au feutre bleu. Elle attend toujours la réponse. Et maintenant, dit Aline, c'est elle – la graphologue – qui soupire et s'interroge. Sans plus se fier à la graphologie.

Équateur

Comme s'il n'avait jamais dit qu'il avait vécu à Misahualli, comme s'il n'en avait jamais parlé. Et que moi j'aurais imaginé et que j'allais maintenant lui raconter, bien loin de Misahualli, la forêt amazonienne et la pluie qui tombait sur les feuilles d'hévéas. Le ruissellement de l'eau en pénétrant la terre aidant à la pourriture était la condition de sa fertilité. Et ainsi les bibosis énormes les eucalyptus les cèdres et les palmiers chontas continueraient à croître tant que l'homme ne viendrait pas équipé d'une machette à moins que l'outil n'eût pour simple usage de trancher les lianes encombrant son chemin. Comme si on ne l'avait pas inlassablement répété, l'homme doit préserver la forêt. L'homme en a besoin pour respirer.

Comme s'il n'avait jamais évoqué les Indiens et leurs étranges coutumes, les Jivaros rétrécissant les têtes et que moi j'avais appris ça dans des livres, et j'en réinventerais l'histoire et il écouterait mes récits il frémirait pour me plaire, se moquerait un peu objectant que lesdits Jivaros en avaient fini de décapiter, de tailler de malaxer de cuire, de donner au visage du mort un sourire en remontant les lèvres, le fixant avec des éclats de bois. Les tzantzas sur les étals pour les touristes sont désormais en peau de chèvre. Ça a beaucoup changé tu verras, disait-il, nous irons, nous y retournerons, comme si – bien sûr – je connaissais l'endroit, comme s'il m'avait déjà emmenée avec lui comme si j'avais été là-bas tout ce temps où —

Tout ce temps où je l'attendais, où je n'étais plus vivante pas même dépouille pas même cadavre, mais un cercueil vide, une valise sans rien dedans une boîte à chaussures en carton un peu cabossée défoncée, conservée parce qu'on ne sait jamais un jour peut-être on l'utilisera pour y entasser des restes de pelotes (laine ou coton) ou y ranger les cartes postales et parmi leurs paysages (*Having a wonderful time, wish you were here Ottimo soggiorno Wir verbringen tolle Tage Quel pays admirable*) ceux qu'il envoyait lui aussi de l'Équateur. Et on pouvait croire que ce n'étaient là-bas que des forêts, que lui ne voyait rien d'autre, faisant corps avec les arbres et les feuillages, incapable de vivre ailleurs et renonçant au mimosa.

Notre mimosa fleurissait. Lui était venu et reparti. Sans me confier ses projets. Cherchait-il une nouvelle expérience avec le désir d'apprendre toujours plus, pour éviter l'ennui voulait-il l'aventure, cédait-il à l'appât du gain ? Reviendrait-il un jour des dollars plein les poches, avait-il des projets moins cupides, étudier la faune défendre la forêt, protéger les Indiens ?

J'avais lu et puis relu ce que disaient ses messages, qu'il était là-bas retenu par une force irrésistible, qu'il combattrait les petroleros et les chercheurs d'or, qu'il s'y était engagé cette première nuit dans la cabane. Qu'il se plaçait dans le camp des Indiens, pour le toucan et pour l'anaconda, contre les six cents puits de pétrole. Contre le million d'hectares de forêt méthodiquement supprimés afin d'ouvrir un passage à l'oléoduc et aux routes.

Comme si moi je ne savais pas qu'il devait son exil aux injonctions d'un aîné, son oncle ou bien son frère oui son frère sans doute, manifestement beaucoup plus vieux que lui, lassé de lui signer des chèques depuis qu'il était sans travail. Ou peut-être un ami de la famille jadis nommé son parrain. Qui avait longuement insisté sur l'intérêt de ce départ à l'étranger, en Ecuador, citant Michaux, évoquant l'attrait du voyage, les rencontres de hasard, ces tribus que le conquérant, naguère, réduisait à l'esclavage mais aujourd'hui le voyageur ne ressent qu'un malaise bizarre et n'a pas vraiment peur en découvrant les Andes. Et cette *première impression terrible et proche du désespoir* n'est que fantasme d'un poète.

Quelquefois. Moi. Fatiguée perdant courage je me disais que l'homme qui m'avait quittée pour se rendre en Équateur ne serait plus celui que j'avais connu et pourtant je me disais aussi – et c'était presque une certitude – qu'il lui arrivait de se tourner vers son passé. Moi, l'imaginant entre les troncs immenses, surpris par l'orage s'abritant sous une bâche la pluie cinglant la toile et malgré les tornades lui satisfait dans l'instant, heureux d'entendre le bruit, de sentir la fraîcheur pourtant délétère, un bonheur mêlé d'un regret léger, nostalgie tranquille. Ce souvenir, odeur couleur : le mimosa.

Alors je serais devenue par miracle (ni le sorcier ni le shaman n'y sont pour rien) celle qui ressemblait de loin à la femme de ses rêves et peut-être déciderait-il de composer avec ses rêves, de me rejoindre désormais sur ce coin de terre où un mimosa avait pris racines. Moi qui ne décidais pas, soumise à sa volonté, attendant, vérifiant l'état de ses chemises tricotant pour lui une écharpe, joignant par deux ses chaussettes et les rangeant dans un tiroir, traînant çà et là laissant tomber mon livre. Dévastée. Écoutant Vivaldi.

Il parlait peu de la maison dans ses messages. Quelquefois il parlait des Andes, du Chimborazo, du Cotopaxi. Il parlait encore des papillons, des oiseaux. Et puis. Soudain. Des fleurs du mimosa.

Comme si en même temps là-bas dans l'ombre humide, ici sous le soleil d'hiver notre mimosa restait puissant, qu'il le voyait s'épanouir, de là-bas de l'Équateur, quand la pluie frappait les feuilles les arrachait, ployait les branches, changeait la terre en un rio boueux. Il disait, sans fixer la date qu'il choisirait pour son retour, il disait qu'on se retrouverait où nous avions vécu ensemble. Je ne devais pas abandonner l'arbre sur la pelouse. Je devais observer tige après tige cette floraison cet éclat et quand le spectacle atteindrait une beauté insupportable il rentrerait, c'était certain. Et il disait, Tu verras.

Je frissonnais. Je voyais briller l'or des rivières et l'or noir jaillir des forages. Je voulais croire qu'il souhaitait simplement prolonger quelque peu son séjour dans ce qu'on a coutume d'appeler – à tort ou à raison – un but humanitaire. Qu'il bravait les millions de moustiques les milliards d'araignées, pour qu'un petit Indien de plus – un Zaparo de la forêt profonde – connaisse les lois de son ethnie, les mythes et les légendes.

Saisie d'un doute. M'efforçant de ne pas l'imaginer partageant son existence avec une jeune Indienne frottant le linge au ruisseau. Ça me suffisait d'endurer son absence pourquoi ajouter au tourment, non je n'y songeais pas. Refusant de me demander s'il était vraiment là-bas pour ouvrir une école ou travailler dans une mission. S'il ne jouait pas le rôle de recruteur dans une compagnie pétrolière (comment savoir ce qu'on doit accepter quand on vient d'un pays où l'on est au chômage, passant les jours à lire les annonces, à écrire des curriculum, espérant une réponse puis n'espérant rien, écoutant Vivaldi). Peut-être était-il à présent un orpailleur sans scrupule, un aventurier sachant tirer profit des occasions douteuses, lié à divers aventuriers pas du tout recommandables qui s'offraient des nuits de débauche, plaisantant grossièrement, buvant l'eau-de-vie et la chicha, mâchant une plante qui hallucine.

J'étais seule. Il n'écrivait plus. Je gardais la maison. Ce jardin que le mimosa embaumait tout l'hiver. Parfois je montais à Paris. Là je fréquentais la Casa Picaflor et son marché indien, minuscule enclave du lointain Ecuador où je goûtais à des fruits délicieux parmi les joueurs de flûte aux airs mélancoliques.

C'est là qu'un jour j'ai rencontré l'autre. Son frère ou son oncle ou son vieil ami. Qui vivait je ne sais où, à Berlin ? à Moscou ? à Vienne ? À Varsovie ? Qui à l'occasion d'un voyage d'affaires était venu à ma rencontre. Quelqu'un lui avait parlé de moi recherchant mon amour perdu. Nous étions au coin du boulevard, nous avons échangé un moment des propos sans importance. Puis l'homme a dit, Ne l'attendez plus, nous ne le reverrons pas, on m'a prévenu qu'il. Je n'ai pas compris la fin de la phrase, j'ai couru, l'eau s'est mise à tomber en déluge, j'ai couru m'abriter à l'arrêt d'autobus. Une vraie pluie amazonienne. (Quand la pluie aura cessé le frère aura disparu.) Quand la pluie a cessé j'ai couru encore. On marchait derrière moi à lourdes enjambées, bientôt ça devenait une course-poursuite mais j'étais si rapide, je courais éperdument dans la forêt de là-bas.

Chaque hiver m'apporte l'or du mimosa. L'arbre vieillit. Et moi. Lui a toujours le même âge, celui qu'il avait quand il est parti.

Voilà si longtemps que je suis sans nouvelles. Pas d'appels, plus de messages. Je me raconte des histoires, je bâtis des contes cruels je le vois dans la forêt allongé sur le sol mouillé, couvert de fourmis congas.

Mais non. Il a dit non, il a dit oui.

Il a promis. Il reviendra.

Un soir, à la maison. Souriant. Fatigué. Mal chaussé de bottes boueuses et coiffé d'un chapeau de paille. Tel un Indien de l'Équateur. Eux aussi se manifestent auprès de ceux qui les aimaient quand la barbarie du Vieux Monde les a expédiés dans un autre monde.

Le désespoir est doux. Je sortirai de l'armoire un grand drap blanc bien repassé.

Chocolats pralinés

Vous engloutissez en hâte les chocolats pralinés alors que vous aviez pris la ferme résolution de ne pas ouvrir la boîte. De la garder intacte, soigneusement enveloppée, et de la donner à Lisbeth pour son anniversaire. Ainsi vous n'auriez pas de crise de foie, pas de montée de cholestérol, vous offririez le chocolat et Lisbeth pour ses trente-trois ans s'en régalerait jusqu'à l'écœurement. Trente-trois ? Plutôt trente-cinq, peut-être même trente-six ou trente-sept. Les femmes. Ne jamais les croire quand elles avouent leur âge.

Mais Lisbeth est votre sœur donc vous devriez savoir. Vous savez en effet très bien, même après l'affaire de la piscine, qu'elle a trente-six ans et vous trente.

Revenons-en aux pralinés. Vous avez ouvert les yeux ce matin-là après trois mois de coma, étendu sur un lit d'hôpital relié par des fils à des écrans divers, et joui aussitôt d'un merveilleux spectacle. Des mains de femme vous tendant une boîte recouverte de papier doré. Vous les vouliez, ces chocolats. Vous qui aviez été nourri à la sonde vous avez senti que vous redeveniez une bouche exigeante, avide de douceur, de sucre et d'âcreté. Aujourd'hui encore d'ailleurs —

Oui, aujourd'hui le téléphone sonnerait pour vous apprendre, par la voix de Jacques, votre copain depuis l'enfance, que sa grand-mère vient de se casser le col du fémur en tombant dans l'escalier (peu vraisemblable à une heure du matin) que son oncle a encore perdu ses clés de voiture ou même, pourquoi pas, sa voiture, que Vincent son petit dernier a décidé de ne plus aller à l'école mais de vivre heureux et caché parmi les macaques du Jardin des Plantes. Il vous faudrait prendre le temps avant d'intégrer ces nouvelles de laisser le chocolat fondre en vous et vous envahir. Vous entendez l'ami de Lisbeth, un bonze au crâne rasé, parler de mourir à soi-même. Vous avalez le chocolat de travers. Ça passe.

Ce n'est pas toujours le cas. Souvent vous avez des problèmes. C'est une histoire de piscine. Ce qui vous est arrivé ? Vous êtes resté le dos collé contre la grille à l'embouchure de la pompe. Avant de vous jeter à l'eau vous étiez ivre. Vous aviez ce jour-là retrouvé des confrères pour un joyeux déjeuner, Lisbeth vous recommandait de ne pas aller nager après ce repas fortement arrosé. Elle conseillait un bon footing. Vous avez dit mollement, D'accord. Trois minutes de syncope ça vous a valu un coma de trois mois et l'amour immodéré des chocolats pralinés.

Et aussi ça vous a donné des idées bizarres. Des ennuis pour nouer les lacets. Une sorte de tremblement intérieur quand vous tentez de réfléchir à des choses que vous jugiez – avant – importantes mais faciles à régler. Vous avez dû renoncer à la direction de votre agence de services informatiques. Le médecin hochait la tête, Manque prolongé d'oxygénation cérébrale qui aurait pu être mortel, allons, ne vous plaignez pas.

Non, vous ne vous plaignez pas. Mais après cette aventure vous ne pouvez vous résoudre à dire adieu aux piscines. Vous n'osez plus entrer dans l'eau vous rôdez alentour. Vous avez gardé cette fascination pour les mille mètres carrés de carrelage bleu qui les tapissent, les mille sept cents mètres cubes d'eau contenus dans le bassin (tiens, vous savez encore compter). Votre fascination et aussi votre crainte. Alors vous traînassez à soigner les détails. Vous avez décidé de vous rééquiper. Première urgence : un nouveau slip de bain.

Vous n'avez hésité qu'à peine. Profitant des rabais – c'était une semaine de soldes – vous avez choisi un slip de bonne coupe, qualité supérieure. En jersey polyamide. Façon pelage de tigre. Excellent achat a dit la vendeuse, une jolie Chinoise qui vous a signalé que malgré l'affiche *demi-gros* sur la porte du magasin elle vous ferait la faveur de vous vendre le slip en un seul exemplaire. La belle aux yeux bridés vous a confié qu'un millier d'articles semblables était en instance d'emballage à l'atelier. Les Chinois de votre quartier taillent à longueur de journée des slips de bain pour hommes et aussi, pour les dames, des maillots du 38 au 50 qu'ils expédient partout en Europe, aux U.S.A, en Australie avec des bénéfices confortables. Ne cherchons pas de poux dans la tête des Chinois. Pour vous le prix était modéré.

Des chocolats et un slip bien coupé c'est nécessaire, mais dirons-nous que c'est suffisant ? Un homme sans autre nourriture que des chocolats pralinés (Lindt Lanvin Léonidas) aurait de sérieuses déficiences. Léger en hiver, le slip, et insolite en ville, même au plein de l'été. Suite à votre accident les diverses assurances s'efforçaient de se dégager de toutes obligations, vous déclarant responsable. Vous aviez besoin d'un salaire. Une idée vous est venue qui vous a semblé géniale : postuler pour un emploi à la piscine municipale d'un arrondissement voisin. Il vous faut un métier manuel pas trop contraignant avait spécifié le médecin vous classant parmi les handicapés. Slip tigré contre la peau et recouvert d'un jogging vous avez lu les petites annonces dans le hall du club des sports. On y demandait un homme de ménage pour entretenir les cabines de bains. Ce technicien de surface on lui fournissait une salopette, rien ne lui interdisait de ne porter dessous que du tigré, cela lui laisserait le loisir d'être en tenue de natation dès qu'il aurait terminé son labeur. Vous aviez ainsi la possibilité d'amortir votre achat en améliorant votre brasse. La caissière (la Ville de Paris que représentait chichement une contractuelle payée au smic) ne voyait pas de très bon œil cet employé qui jouait au client à ses heures, mais vous étiez dans votre droit. Il aurait fallu pour la tranquilliser qu'elle vous surprenne déambulant d'un pas mal assuré sur la bande anti-dérapante. Elle aurait deviné que la seule pensée de plonger le bout du pied dans l'eau vous épouvantait. Vous disiez qu'en vous s'ouvrait un vide immense lorsque vous regardiez les nageurs parcourir avec application leurs dix longueurs de bassin.

Votre travail était ingrat et mal rémunéré. Pour vous redonner du courage vous savouriez des chocolats, vous ne pouviez vous en passer. Lisbeth tendant d'une main apaisante un ballot enrubanné c'était le symbole d'une renaissance. Pourtant les choses n'étaient pas si simples. Soulevant délicatement de son lit de papier gaufré un chocolat noir comme l'ébène/blanc comme la neige ou de cette couleur pas très définissable que prend le chocolat fourré suivant ce qu'il renferme vous aviez un haut-le-cœur en songeant à tous ces détritus qui s'entassaient sous le banc des cabines. Vous vous étonniez que des gens honorables en apparence, maîtres pour quelques minutes d'une surface aussi restreinte, protégés des regards par une porte à verrou puissent générer tant de saleté. Sous le banc contre le mur du fond vous trouviez des boulettes de sopalin qui avaient servi à déboucher des narines enchifrenées, des mégots des papiers poisseux, un reste de sandwich jambon-beurre le jambon desséché, des poils des cheveux des mots d'amour griffonnés sur Post-it, un talon de chèque et aussi de chaussure, un préservatif. Les cloisons latérales des cabines avaient été en douce perforées au niveau adéquat pour offrir à l'occupant une vue intéressante sur un cul de nageur/nageuse qui se remettait au sec, quelques trous hâtivement colmatés par un chewing-gum pudique. Vous qui êtes un délicat vous vous sentiez mal à l'aise. Vos mains blanches d'ancien intellectuel devaient patouiller dans la fange. On ne vous fournissait pas de gants, vous n'osiez pas vous en munir. Le Kabyle des douches et toilettes ne faisait pas tant de manières. Un sale boulot dans l'ensemble.

L'ami de Lisbeth vous racontait l'Éveil, la connaissance qui frappe comme l'éclair, qui mène droit à l'illumination. Qu'importe le quotidien. Il s'agissait d'adhérer étroitement au Tch'an chinois comme le slip chinois adhère à la peau. La réalité essentielle est supposée résider en tout. Évoquant le contenu des poubelles vous étiez maussade, Lisbeth déclarait que vous exagériez. Elle disait, T'as un job, tu vas pas te plaindre, passe-toi les mains à l'eau de Javel et arrête de ronchonner.

Vous saviez que Lisbeth avait raison. Que vous auriez dû, en signe d'affection, lui donner cette boîte de chocolats grandiose achetée sur votre première paie. Elle vous racontait ses émois vous écoutiez, c'est souvent à quoi sert un petit frère et vous faisiez des efforts pour fixer votre attention. Sur les amours de Lisbeth. Sur l'amoureux de Lisbeth. Qui tenait à vous enseigner que l'infini est dans le fini. Au fond vous étiez jaloux. Parce que, Lisbeth, vous l'adoriez. Comme une sœur, bien sûr.

Lisbeth parfois suggérait que vous étiez encore enfermé dans l'absence. Après le coma. Ça arrive qu'on en ressorte indemne. La grand-mère de Jacques votre copain soupirait, Le pauvre, il se tourmente, et le petit Vincent disait en confidence, S'il allait habiter dans les arbres du Jardin des Plantes avec les ouistitis il aurait sa part de bananes et plus besoin de travailler. Lisbeth avait bonne conscience, Mon ami et moi on a essayé de le ramener à un état normal. Il est demeuré trop longtemps au fond de la piscine on le croyait perdu. Puis il est revenu et il s'est accroché. À la piscine, au chocolat. Ça peut s'appeler des idées fixes. Ou les prémices du retour à la vie.

C'est faux. Vous n'êtes pas revenu. Ça va mal dans votre tête. Le monde est vide comme une piscine dont on a retiré toute l'eau. Non ce n'est pas le canal Saint-Martin où la dernière fois qu'on l'a asséché on a découvert mille objets, des landaus des bicyclettes des réchauds des fauteuils des matelas troués d'où s'échappait la bourre, des postes de télévision et on se demandait ce qu'étaient devenus les bébés des landaus les cyclistes les ménagères tournant la cuiller à pot dans les casseroles sur les réchauds, les couples qui avaient baisé aux creux des lits à deux places les ados vautrés dans les fauteuils télé, toutes choses perdant leur sens quand personne ne les utilise. Dans la piscine rien ne traîne, c'est un domaine surveillé. Une fois sorti de l'eau (et sorti aussi du coma), vous voilà incapable de résoudre le moindre problème informatique mais capable encore, trente-cinq heures par semaine, de balayer décrasser et dans les moments de repos vous gaver de chocolat. L'ami de Lisbeth se prononce, Tu dois apprendre à te détacher. Vous courbez la nuque. Cela vous effraie.

Tout vous effraie. Les encouragements de Lisbeth et du bonze, les histoires de l'agence – c'est vous qui autrefois l'avez montée, et Jacques par vous engagé, devenu patron depuis l'affaire de la grille s'efforce à nouveau de vous y intéresser. Vous redoutez même les regards apitoyés de la grand-mère étonnée, Qu'est-ce qui lui prend, il était tellement sérieux, si sûr de lui.

Oui, vous avez peur. Vous prétendez qu'au coin de la rue un type est planqué derrière le conteneur à bouteilles. Il a en main une matraque. Il va vous assommer. Vous aurez juste le temps de vous fourrer dans la bouche deux ou trois chocolats pralinés.

Vous savez que les mots eux aussi vous blessent. Personne ne vous expliquera ce que sont l'indicible, la voie, le dépassement. En slip de jersey polyamide devant l'eau du grand bain, perdu dans la contemplation vous attendez en vain la sérénité. Vous finirez par vous réfugier sous le banc dégueu d'une cabine. Vous savez que le ciel est sans limites et à jamais inoccupé. Et que pour vous sur terre il n'y a rien rien rien.

Rien que du chocolat.

TGV. La gare

Je suis vieille.

Quelquefois j'oublie. D'autres fois j'examine mes rides avec une attention morose. Je n'ai jamais eu recours à la chirurgie esthétique. On prétend qu'un lifting interdit le sourire.

Tu es venu m'attendre à la gare. J'avais rendez-vous dans ta ville avec le conservateur du musée d'Art moderne qui souhaitait exposer mes peintures. Tu as offert de me servir de guide. En souvenir de ces jours où moi je te conduisais à l'école. Et puis en souvenir de ton adolescence où nous discutions fonctions et théorèmes. Ta mère ma meilleure amie ne manquait pas de me rappeler chaque fois que nous parlions de toi que tu étais très fort en maths, un surdoué. Je ne t'avais pas vu depuis des années, j'étais sans crainte et sans audace. Je suis vieille et tu es encore jeune. Quand tu es né j'avais déjà flirté, comme on disait à l'époque. J'avais même presque fait l'amour, oui seulement presque – me méfiant de la méthode Ogino. Nous les jeunes de ce temps-là on murmurait en cachette, avec la conscience aiguë d'employer un langage horriblement vulgaire et bien sûr quand on était certains que les parents n'entendraient pas *Le truc dans la main, la main dans le trou mais jamais le truc dans le trou.* C'est obscène, j'ai honte. Toi, dans ton innocence, pour satisfaire tes appétits tu t'enfonçais le pouce entre les lèvres.

Je suis vieille et pourtant déjà, sur le quai de la gare à l'instant où j'ai touché ta main m'est venu le désir de toi. Chez nous – les vieilles du temps présent – le désir ne meurt pas mais simplement sommeille. En devenant indésirable on devient – curieux paradoxe – violemment désirante. Ta main est douce et bonne. Et à l'instant n'existaient plus – pour un instant – ces femmes que tu avais touchées, que tu toucherais encore.

Depuis notre rencontre en haut de l'escalier, gare du TGV, une gare nouveau style qu'on dit froide mais qui pour moi sera toujours – après tant de solitude – l'endroit chaud du bonheur retrouvé, je me suis efforcée d'en finir avec les séances devant le miroir. Longtemps j'ai eu l'habitude de me contempler chaque matin nue dans la glace. Si on en fait un rituel quotidien il est improbable qu'on remarque un changement. On peut prétendre qu'on ne change pas. Du jour au lendemain j'étais exactement la même. Le lendemain du jour aussi. Pourtant on change. J'ai changé.

Je suis vieille.

L'un me dit, Chérie comment vas-tu ? L'autre murmure, Georgina mia. Toi tu t'extasies devant mes tableaux. Tu dis à qui veut l'entendre, Son œuvre, un tel travail. Se consacre à son œuvre. Vouée tout entière à.

Je ne me sens vouée à rien. Ce que je cherche ? Pas une affection filiale, pas l'admiration du néophyte envers l'artiste. Pas l'étonnement du mathématicien qui découvre soudain une autre façon de vivre le monde. Beaucoup plus que ce que tu appelles un profond attachement.

Être vieille c'est difficile. Par chance d'heure en heure ce n'est qu'un peu plus provisoire. Il y a des pays où la vieillesse est dignement traitée. Mais la dignité je m'en moque. Je voudrais que tu m'aimes. Sans penser un seul instant que j'ai l'âge de ta mère.

Tu es prof dans ce lycée quelque part en province. Un prof de maths, rationnel, raisonnable. Tu as des élèves de dix-sept ans, garçons et filles. Les garçons : physique un peu ingrat. C'est dur aussi, la jeunesse. Les filles (ayant passé le mauvais cap) : belles comme j'étais à dix-sept ans. Ce ne sont que des enfants. Tu pourrais être leur père.

Et puis il y a les autres enseignants. Tu les fréquentes. Tu les trouves supportables. Une nouvelle prof de philo vient d'arriver dans ta boîte. Tu dis oui elle est – sympa mais – assez ordinaire. Tu la verras bientôt sous un autre éclairage, peut-être à la lumière blonde du parc de ta ville où vous irez flâner ensemble discutant des programmes. Tes collègues lui feront la cour. La semaine prochaine, le mois prochain et tu diras, Tiens. Jolis yeux jolis seins longues jambes, pas mal. Elle sourira, elle n'aura guère d'efforts à fournir pour te plaire. Je ne protesterai pas. Toi qui te passionnes pour les nombres tu seras pris d'un goût certain pour la philo, un vif intérêt pour les penseurs, les vieux schnocks Héraclite Platon Aristote, plus près de nous Kant Hegel Nietzsche Schopenhauer Bergson. Ceux d'hier Bachelard Jankélévitch, et Deleuze qui a joué un sale tour à la vieillesse en se jetant par la fenêtre. Tu auras pour t'en parler cette femme encore attirante. Citant les vieillards avec indulgence. Ils ont été jeunes eux aussi mais on les préfère disparus. N'existant plus que dans leurs livres. À chacun sa place. C'est normal.

Moi j'aurai toujours mes admirateurs. Un moment jaloux de toi eux qui se prétendent mes amis et n'ont rien à donner. Simplement s'exclament, Oh Georgina ô merveille, tu atteins le sommet de ton art, c'est superbe ce que tu fais, darling.

Et même l'un ou l'autre ajoutera, Cette petite étude si gaie si colorée je voudrais tant l'avoir dans mon séjour. Espérant m'entendre dire, Prends-la.

Truc dans la main. Disons, ta bite. Un jour toi aussi tu seras tout plissé tu seras vieux et mou. Ta prof de philo ne la refuse pas pendant que vous êtes encore présentables. En cadeau de mariage je vous barbouillerai une fresque, de quoi décorer votre chambre. Face au lit. Ce sera rouge. J'utiliserai ce produit naturel où hématies et leucocytes ne cessent diligemment de se renouveler.

J'ai l'arme, je viserai mon bras gauche. Pas besoin de viser, appuyer le canon sur le poignet, tirer. Je dois garder le bras droit intact. Pour tracer mon adieu. J'aurai le temps j'imagine d'esquisser un cœur sur le mur avec mon sang. Un cœur énorme. Percé d'une flèche. Drôlement original.

Avant de perdre mes dernières forces. Veines et artère en charpie. Mais à mon âge on a la main qui tremble. Et si c'était raté ?

Ça vibre sur le quai. Le TGV passe.

Je t'entends déjà te plaindre que j'ai mis chez toi un foutu bordel.

Écriture

Vous raconterez en vingt lignes une sortie à la campagne.

*
* *

On est allés en promenade. On a emmené le chien. J'ai joué avec lui tout l'après-midi. Il y avait du soleil. Après, le chien s'est sauvé. Je l'ai appelé pour rentrer. Appelée, c'est une chienne (accord du participe). Son nom est Mélodie. J'ai crié, Mélodie melodie mélodie

J'ai longtemps essayé. Elle a rien répondu. Une chienne ça parle pas. Madame, j'ai mes vingt lignes. Ce serait vraiment pas juste si vous me mettiez un zéro.

*
* *

Ne crois-tu pas que tu te moques du monde ? Pour demain s'il te plaît tu m'écriras encore vingt lignes, proprement et sans fautes d'orthographe. Sujet : Un soir, à la maison. Cela t'apprendra à faire le malin.

La vie, si je veux

L'attrape-cœurs
J.D. Salinger

Un garçon de la bourgeoisie new-yorkaise chassé de son collège trois jours avant Noël n'ose pas rentrer chez lui et affronter ses parents. Il décide alors d'ajourner. Mais y retournera-t-il un jour ? Au cours d'un vagabondage émouvant fait d'aventures et surtout d'incertitudes, le regard qu'il pose sur le monde est bouleversant.
Phénomène littéraire sans équivalent depuis les années 1950, ce roman de l'adolescence a été lu dans le monde entier.

(Pocket n° 04230)

Cet ouvrage a été imprimé en France par

CPI
Bussière

à Saint-Amand-Montrond (Cher)
en juin 2009

Composé par Nord Compo Multimédia
7, rue de Fives, 59650 Villeneuve-d'Ascq

POCKET - 12, avenue d'Italie - 75627 Paris Cedex 13

— N° d'imp. : 91016. —
Dépôt légal : juillet 2009.